心灵小品

成长之路

特别的你

行走日记

好书推荐

JING DE KAI

静静地开

吴静

著

版 武汉出版社

（鄂）新登字 08 号

图书在版编目（CIP）数据

静静地开 / 吴静著 . -- 武汉 ： 武汉出版社，
2023.1

ISBN 978-7-5582-5717-9

Ⅰ．①静… Ⅱ．①吴… Ⅲ．①中国文学－当代文学－
作品综合集 Ⅳ．① I217.2

中国版本图书馆 CIP 数据核字（2023）第 004448 号

静静地开

著　　者：吴　静
策划编辑：王雨轩
责任编辑：赵　可
封面设计：树上微出版
出　　版：武汉出版社
社　　址：武汉市江岸区兴业路 136 号　　邮　　编：430014
电　　话：（027）85606403　85600625
http://www.whcbs.com　　E-mail:zbs@whcbs.com
印　　刷：湖北金港彩印有限公司　　经　　销：新华书店
开　　本：880mm×1230mm　　1/32
印　　张：10.75　　　　　　　　字　　数：221 千字
版　　次：2023 年 1 月第 1 版　　2023 年 1 月第 1 次印刷
定　　价：89.90 元

静静地开

一直有一个愿望，就是出一本自己的书，记录一路走来的所见、所感、所思。希望用恬静而温暖的笔触，给自己和他人带来力量。

我从 2017 年 3 月 13 日到今天，默默耕耘了 5 年，汇集了119 篇文章。有朋友问，为什么选择 3 月 13 这个日子，如果我告诉你，因为想开始，于是就开始了，你信吗？做一件事最好的时机是十年前，然后就是现在。你已经失去了从前，还想继续失去现在吗？立刻行动，十年后的你，会感谢现在的你。

为什么取"静静地开"这个名字？因为最开始有动笔的想法时，想得最多的是怎么定位。我的文字平凡如流水，虽看似波澜不惊，但也能迸发力量。朋友们都说我看上去个子小小的，很瘦弱，其实内心有个小宇宙，发出的光和热可以感染周围的人。我的名字里有个"静"，增添了一股安静之气，有一个积蓄的过程，就像我酝酿文字一样。"静静地开"动静皆宜，取蓄势待发之意吧。

为什么是收录 119 篇文章，不是 120 也不是 118，是因为我对于"119"最初的印象。19岁生日那天一位同学很认真地对我说，今年你的生日非常特别，阳历和阴历是同一天，并且19年才会轮回一次，这次是你出生以来第一次阴历阳历重合为一天。自此，我突然开始关注起"119"来。"119"从此与我有了莫名的联系，开始影响我的人生！

"119"是火警的号码，自然我又和火急火燎联系起来，一问妈妈才知道，我还真是着急出世的。当时妈妈还在工厂车间里上班，突然感觉羊水破了，连忙往医院里跑，一到医院，我就很快降生了。妈妈回忆当年往医院跑的那段经历，一路上鸟语花香，百花争艳，虽然心里有点着急，但心情无比舒畅，每每回忆起来，脸上都洋溢着幸福的笑容。"119"的"警报"拉响了，我的生日又到了。

我很喜欢旅游和阅读，身体和心灵，总有一个在路上。想要随心所欲地去世界各地旅游，对于我这样芸芸众生中的普通一员，几乎是不可能，于是只有寄希望于读书。

随着年龄的增长，越来越感觉到时间的飞逝，每个人都是单程车票，上了车就注定要开向终点。当几十年后从这个熟悉的世界上消失，我要留下存在的证明。身体是可以消亡的，而精神是不灭的。

《静静地开》是我的一片自留地，是我认真耕耘的一片净土。自助然后助人。岁月静好，春暖花开！希望我的文字，在你彷徨失落的时候，能给予你力量；在你飞黄腾达的时候，能给予你提醒；在你平静幸福的时候，能为你祝福！

目 录
Contents

心 灵 小 品

XIN LING XIAO PIN

向日葵

永远向着太阳，我喜欢！

在古代的印加帝国，向日葵是太阳神的象征。因此向日葵的花语是太阳。受到这种花祝福而诞生的人，具有一颗如太阳般明朗快乐的心。

乖宝的学校给学生布置了一项作业，自己种植一种花，观察它的变化，每天写一段关于植物生长的话。出发点是养成孩子善于观察的能力和语言组织能力，我们家长是非常赞成和全力支持的。当务之急是决定养什么花。去花鸟市场一询问，了解到，这个季节这个温度，比较容易养活的，花匠给我推荐了向日葵。正中下怀。花匠告诉了我简单的种养方法：先用温水浸泡两三天，待种子发芽，再种到土里。他还热心地送了我一个简易的花盆，说到时候学校要求带去，拿着也轻，很方便。

父亲是爱花之人，所以家里常年生长着很多五颜六色的花花草草，但一直都是父亲打理，我倒是没有亲手种过。这次，拿着向日葵种子，怀着忐忑的心情，开始了种花之旅。泡在水里的种子，三天后还真的都发芽了。我和乖宝的激动之情溢于言表。以前看到父亲在花圃中忙碌的背影，当时还不甚理解，种花又脏又累，有时候几个月都看不到花，那么辛苦干嘛！自己有了种花的经历，终于体会到其中的惊喜和乐趣。我们小心翼翼地把它们拖出水面，生怕碰折了它的嫩芽，把它们一一种到早已准备好的土里，浇上水，接下来的日子就是期待了。期待它们慢慢长大，长成面向太阳微笑的美丽的花儿。

每天清晨，当第一缕晨曦升起，我和乖宝都会准时来看向日葵，给它们浇点水，看看嫩芽是否长高长大，乖宝也会记录下观察结果，写到自己的日记中。向日葵也不负众望，一天一天茁壮成长。

从一颗小小的瓜子，发出嫩芽，一寸一寸地向上，看着同伴一个个倒下，毅然生长，当美丽的花盘朝向我的时候，我被惊艳到了。我的心中住着一个理想国。

没有掌声，不需要鼓励，只需要一点水，一点阳光，一点点大自然的恩赐，它们就可以自顾自倔强地生长，而提供给别人的，是自己美丽的花枝，优质的食油，可口的瓜子。这是怎样的一种情怀，索取的微乎其微，却付出了自己的全部。当我们怨天尤人、妄自菲薄的时候，我们是否想过，我们为别人，为社会又提供了什么，贡献了什么呢？是否要像向日葵一样，做一个发光发热，对社会有所贡献的人？

读书

整理书架时，一本《鲁迅散文集》映入眼帘，鲁迅先生一袭长衫，左手高举，右手敛在背后，虽然书页已经泛黄破损，但仍然掩盖不住那股浩然正气。记忆被牵引到学生时代。初中读名著，高中观武侠，大学品琼瑶。

我从小喜欢看书，也没有什么专家指导，稀里糊涂地读书。在还不明白政治、别国风土人情的初中时，囫囵吞枣地读遍世界名著；在被各门功课围攻的高中，兴趣盎然地读遍金庸的"飞雪连天射白鹿，笑书神侠倚碧鸳"，古龙的楚留香、陆小凤、萧十一郎；在别的同学都在忙着谈恋爱、到处旅游的大学时代，一本接一本琼瑶的言情小说，男女主角的荡气回肠，生死相依总能让我热泪盈眶。

如果要我详细地讲出每本书的主要内容，是件非常困难的事，且不说读的时候一知半解，单是琳琅满目的书名就不能全部记住，现在唯一记得的是，读每一类书的感受。

记得读世界名著时，最难记住的是纷繁复杂的外国人的名字，短则三五个字，多则七八上十个字，关键是还无规律可循。

由于不懂各国风土人情，当文中人物捧腹大笑时，我却不知所云，现在回想起来，真不知是什么力量，支撑着我读完几十本世界名著。最感兴趣的，莫过于高中时代阅读的武侠小说，包括我性格中的忠肝义胆、侠骨柔肠也是受那个时候的影响。金庸笔下的人物，多是根正苗红的普通大众，有优良的品质和吃苦耐劳的精神，通过自己不断地努力，最终修炼成一代宗师。古龙则浪漫刺激得多，大侠天才都是横空出世，仿佛孙悟空转世，一出现就武功盖世，而且解决问题顺风顺水，哪里都可以冒出贵人相助。就个人而言，我偏向金庸。他的人物有血有肉，有出处，有过程，情节有铺垫，有历史厚重感，五分假五分真，真真假假，假假真真。一切看似顺其自然又不乏机缘巧合，正面人物经过千辛万苦最终修成正果。印象最淡的要数琼瑶的言情小说，走马观花地看，慢条斯理地翻，人物、情节都没有留下太多印象，不过从文中体会到了爱情的美好、浪漫、不食人间烟火和无可奈何。想来大学时期已经形成了一定的人生观和价值观，琼瑶的爱情观没有对我产生大的影响。看到宿舍里一起看的其他女生，被男主迷得七荤八素，我总是默默飘过，一笑而过。

　　正所谓"活到老、学到老"，读书是个很好的途径。不管是身体还是心灵，总有一个在路上。不能去旅行，用身体体会世界万千，就去读书，用心灵放飞思想。一本书书写一个故事，代表一种生活，体现一种态度。读书去体会别人的生活，了解其他的态度，是感知除己之外的别的事物的捷径。好读书、读好书，将读书进行到底。

All is well

多年前，第一次接触"All is well"是看《三傻大闹宝莱坞》。这部影片中三个主人公命运多舛，贯穿始终的是他们心中的信念:All is well！从那时候起，我的座右铭便改成了"All is well"此后，十几年过去，我的座右铭再未更改。

最近，身边的几位好友向我推荐《都挺好》。打开朋友圈，《都挺好》的推文一个接一个，不少10万＋的。苦于时间对于我来说是如此稀缺的资源，能坐下来刷剧是何等奢侈的事，一直没有关注《都挺好》这部网红剧。

这不，又有一位亲戚强烈推荐，一定要我挤出时间来看看，说是反映了现实家庭、事业方方面面的问题，是不可多得的良心剧，还特别强调，等我看完要和我分享、讨论。乖乖，这架势，好像我不看会辜负千千万万人的期望。好吧，看来是众望所归了。在一个还不太忙碌的午后，我打开了《都挺好》。

苏州评弹的开场，没有一句歌词，添加了别样的韵味。最后"All is well"突然闪现时，我眼前一亮，立马坐直了，有点意思。当然，随着刷剧的进行，这点意思越来越多。

《都挺好》给我第一个印象深刻的话题是——重男轻女。看过我文章的朋友都知道，在我的文章里，多次批判过重男轻女的行为。为什么总也逃不开这个话题呢？

　　上周受邀到乖宝同学家吃饭。乖宝的这位同学姐弟4人。放在50年前，这样的情况非常普遍，但在养育孩子成本如此之高的今时今日，一个家庭要养育4个孩子，心理素质和家庭实力都是不容小觑的。4个孩子中，前3个都是女孩子，最小的一个是男孩子。看到这里，可能你会会心一笑，多的不用再说了吧。席间，女主人健谈，跟我说了很多体己话。谈到自己出生在重男轻女的家庭，父母不肯在自己身上投资，早早离开学校，到社会上闯荡，吃了不少苦，才有了今天的积累。没想到嫁的婆家重男轻女的思想更加严重。第一胎是女孩还没什么，第二胎第三胎仍然是女孩就挂不住了，说什么没有儿子在村子里抬不起头。还好老公这方面还比较开明，女儿也是一样喜欢。最小的儿子是意外的惊喜。原本身体条件是不允许的，然而出于母爱，出于对生命的尊重，这个小生命降临，也让她"扬眉吐气"。女主人的爽朗、豁达、坚持、乐观，给我留下了深刻的印象。每一个孩子都是天使，安排他到来，都是有原因的，现在的付出，在将来的某个时刻，都会有这样那样的回报。当女主人提到她的婆婆说在村子里抬不起头来，我是非常气愤的。只说了一句"那些监狱里蹲着的，马路上乞讨的，都是别人家的儿子。不管儿子女儿，教育好才是最重要的！"

　　《都挺好》给我第二个印象深刻的话题是——愚孝。苏家老大让人又爱又恨。腹有诗书气自华，对于会读书的人，我是有天然的好感的。考取清华又出国留学，苏家大哥无疑是学霸中的学霸。这样一个龙凤，原本可以把自己的小日子过得风生水起。然而，为了所谓的尽孝心，所谓的托大，竟毫无原则，差点让自己美满幸福的小家解体。同时，间接催生了老头子贪得无厌的本性。孝顺不是一味地迁就，不是是非不分，不是妥协退让。是在合情合理的范围内，让父母精神上愉悦，物质上满足。

《都挺好》给我第三个印象深刻的话题是 —— 父母子女之情。毫不夸张地说，如果世界上还有一种感情是崇高的，是毫无保留，不求回报的，那绝对是父母子女之情。这是大多数主流的思想。然而，林子大了什么鸟都有，《都挺好》毫无保留地撕开了亲情的另一道面纱。刚刚看开头，我就对苏爸苏妈深恶痛绝。对自己的女儿怎么能那样狠心。没能力就不要生，生了又不好好养，害了一条下到人间的天使。也只有影视剧中，能产出苏明玉这样的超人。现实生活中，不被父母善待的孩子，未来都会有这样那样的问题，生活大多不幸福。孩子是什么？孩子是父母生命的延续，但首先她是自己，她是一个独立的个体，她借助父母这个载体来到这个世界，她有自己的人生。在她幼小，没有能力独立生活之前，不被善待，是对她最大的恶。每一条生命都应当被尊重。乖宝总是央求我希望养小动物。我又何尝不喜欢小动物呢？可是我们每天早出晚归，为学习、生活奔忙。如果养小动物，它被关在家里，不能自由玩耍，也吃不好，我们也没有太多时间陪伴它，如果不负责任，就会造成伤害，所以我一直没有同意乖宝养动物的要求。不过，我倒是很喜欢养花花草草。浇浇水，除除草，它们春华秋实，自由生长，一半在风中飘扬，一半在土里安详。

《都挺好》给我第四个印象深刻的话题是——和解。剧中的最后，明玉和父母和解，和二哥和解，最终达到和自己和解。看得我泪流满面。多么美好的结局呀！是观众们希望的结局，也是现实生活中大家的期盼，为什么期盼呢？因为和解太难了。绝大多数人，终其一生都无法和解。其实，和解不代表一定要原谅，是放下，放过自己。

我理解的"All is well"是积极，是向上，是对生活的乐观，是对自己的信任，是相信一切问题都可以解决，是一往无前绝不放弃。All is well！

生命的力量

无意中瞥见了阳台一隅的盆栽。经过了严冬的洗礼，以为会冻死的花草，竟然倔强地发出了新芽！

可能是来自父亲的耳濡目染，我也很喜欢花花草草，小小的阳台上，摆满了各种花草。每年的冬天，我会将盆栽搬到家里，避免把它们冻坏。然而，这个冬天，由于生活不顺，焦头烂额，没有顾及到它们，等我再去关注时，它们已经枯萎，看上去毫无生气，正当我徘徊在懊恼中时，它们却在挣扎努力中，奇迹般地活过来了！

三天浇一次水，一个季度除一次杂草，不用施肥，没有特殊护理，它们默默无闻地生长着，一天一天地发出新芽、慢慢壮大，不经意间开出姹紫嫣红的鲜花，子子孙孙不断繁衍！

当站在黄山之巅；当面朝大海；当仰视蓝天，我都能感受到大自然巨大的力量。这次，在这些小小的，甚至很多人都不会注意到的花草身上，我再次这么近距离、真切地体会到生命的力量。

谢谢你们，是你们的坚持减轻了我因为对你们疏于照顾产生的愧疚感；谢谢你们，是你们给了我再次认真照顾你们的机会；谢谢你们，是你们给予了我勇气，不管是什么逆境，都是可以克服的，除了生死，没有什么是大事。

罗丹说过，世界上从不缺少美，只是缺少发现美的眼睛。只要我们保持积极乐观的心态，一草一木、一山一石，都能幻化成美丽的风景，给我们以力量！对于大自然，我有很深的敬畏之心。对待生命，我充满了感恩与希望，我一直都相信生命的力量，做好当下，明天的太阳会更加灿烂！

99 和 100 的差距

99 以为自己和 100 的差距是 1，表面上看，的确如此，小学生都知道。这个差距，多么微乎其微呀！然而，深入一点想，发现，99 是有天花板的，它的极限就是 99，而 100 代表着所有都会，有无限的可能，还没有探到它的极限。100 甩 99 多少条街，一目了然。

生而为人，逃不开分数的考验。高考要分数；考各种资格证要分数；求职要分数；各种竞赛要分数……不胜枚举。通过分数高低进行筛选，通过排位前后决出胜负。这时候的分数甚至能杀伐决断，决定命运。分数对于一个人来说，有时候是不可承受之重。

分数真的那么重要吗？随着科技的发展，社会的进步，人们越来越重视素质教育，看重思维能力和创新意识。是的，这些方面的确对于一个人长远的发展非常重要，是非常好的。然而，对于绝大部分没有掌握优质资源的普通人来说，我负责任地对你说，分数真的很重要。

我生长在一个名不见经传的小县城，18 岁前没有见过外面的世界。对于北京天安门、长城、南极、北极、珠穆朗玛峰等的了解，仅限于书本。对于我们来说，是否有机会去实地体会？是否有机会走出这个小地方？是否能出人头地？第一步就是需要跳出"农门"。而高考，是像我们这样的普通人，最好的机会。高考前，我们家庭条件类似，我们来自同一个地方，我们上一样的学校。高考后，有的提名高中，远走高飞；有的名落孙山，留在当地。决定这一切的，只是分数。我们从此不同。不要相信什么读清华的给初中没毕业的打工的故事，这种小概率事件，不值得拿来称颂，更不应该拿来为自己的懒惰当借口，还会影响下一代。

人们常常把考高分和书呆子联系在一起。真的是这样吗？知识是无价的，很多能力都蕴藏在分数之中。我身边有太多这样的例子。真正会学习的人，各方面的能力也超强，既学好又玩好。他们通过高考，走出小县城，走向中国，甚至走向世界。他们通过知识，改变了父辈面朝黄土、背朝天的命运，有机会去看这大千世界，活出了自己精彩的人生。

活到老，学到老。学习是永无止境的。真心地呼吁大家，要重视分数，重视知识的储备，不要在最好的年华里贪图安逸。

爱

爱——这个话题好大，大到不知道从何开始。

娱乐圈是大家最习惯关注的，有点风吹草动就会满城皆知。心华都是我很喜欢的演员，十年挚友成至爱，他们的结合，让人真正领略了爱情的样子。娱乐圈水很深，连我这个不关注八卦的人都知道，艺人不能早早结婚，特别是偶像派，否则就会少很多粉丝，也就是可能会丢了饭碗，所以，很多明星当红的时候选择不结婚或者隐婚。偶像明星能按照自己的意愿向外界公布结婚，冒着失掉异性粉丝的风险，是需要较大勇气的，心华的结合，再次证明了爱很强大。"爱一个人是什么感觉？突然觉得，可以不用征服世界，不用出人头地，不用功成名就，不用腰缠万贯，也能感觉到幸福。甚至是有一点失了雄心壮志，觉得这样也挺好。"这段话，很温暖。

大家可能发现了，在普遍使用简体字的现在，我更喜欢用繁体的"愛"字。繁体"愛"字，更能表达"愛"之深情。"愛"由"爫""冖""心""友"组成，这四个部分，很好地诠释了"愛"的真谛。"爫"可以引申为动词"抓"，"冖"有覆盖、掩饰之意，

"心"和"友"可以直译。简单来说,"爱"的字义就是要抓住"朋友"的"心"。然而,这个"朋友"的"心"被"冖"所"覆盖"或者"掩饰"了,要真正能够抓住这个"朋友"的"心",就需要让这个"朋友"对你"敞开心扉"。所以你必须首先"以心交心",让这个朋友全面地了解你。要做到这一点,你必须倾心投入、倾情付出,才能得到"爱"。纵观古今,发现写"爱"的时候,都要把那一撇写到心里面去,想爱就要准备受伤,爱经常伴随着割心之痛。

上面主要讲的是男女之"爱"。其实爱体现在生活的方方面面。爱家庭、爱工作、爱学习、爱大自然、爱动物、爱物品,等等。相同的是,当你爱了,付出了,走心了,会感觉一切的一切都是值得的。当产生抱怨、不耐烦、发脾气,只能说明还不够爱。

首选学会"爱"自己。

博士妈妈回家带孩子浪费吗

最近和老同学聊到生活和事业如何兼顾的话题。老同学提到身边好几位高学历、高颜值，有优渥工作的博士妈妈，因为家庭、孩子需要照顾的原因，而"选择"回家带孩子。老同学用的是"选择"，而不是"被迫"。这"选择"二字，多少带点苦涩的味儿。

我可以为你洗手做羹汤，也可以抹上口红，穿上高跟鞋叱咤职场。为什么这样选择？既是为家，也是遵从自己的本心。

为什么是博士妈妈回家带孩子，而不是博士爸爸呢？大众认为博士妈妈回家带孩子理所应当，博士爸爸做出这样的选择就微乎其微。说来说去，又绕不开这千古陋习——重男轻女。男性可以继承姓氏、家产、传宗接代。女性是嫁出去的姑娘泼出去的水。

一个人从出生开始，仅教育费用，保守估计：幼儿园 10 万元、小学 10 万元、中学 20 万元、大学 20 万元、研究生 20 万元、博士生 20 万元。在考得上博士生的情况下，培养费最少 100 万。没钱读不成书这句话绝对不是随便喊喊的。因为家境贫寒放弃读书的故事，在我们的身边比比皆是。在这些家庭中，优先被放弃的，永远是家里的女孩子。培养出一个女博士要比培养一个男博士难上百倍千倍。这样如此艰难培养的女博士，回家带孩子，是浪费人才吗？我不是女博士，我回答不了。身边有很多这样的选择，希望呼吁社会给予女性更多的理解与保障。人人都渴望真善美，希望身边都是真善美的人。然而，现实给予女性的，更多的是责任和枷锁。

再说回我们的女博士回家带孩子这个话题，见仁见智。谁最有发言权？我没有，不是女博士的你没有，只有博士妈妈自己有。我们谁也没有权利站在道德制高点去指责谁，要求谁。说到底，回家带孩子是别人的家事，是家庭的需要。

女博士读了二十多年的书，看了更加广阔的世界，将这些知识、经历传递给孩子，全心全意地陪伴孩子，教出一个品学兼优孩子的概率会比普通教育水平的家庭高很多。她的价值是显而易见的，也不是一刀切的浪费。在这里，我想呼吁的是，要肯定女博士回家带孩子的价值。同时，肯定千千万万全职妈妈对家庭的付出。女博士只是千千万万全职妈妈中非常小的群体。她们身上的光环，让社会关注到她们。

而其他更多全职妈妈，由于没有收入，家庭地位、社会地位低下。虽然社会已经看到这个问题，但为全职妈妈发声的力度仍然不够。昨天一位男性朋友还说，一个家庭的幸福指数来自女主人。既然女主人这么的重要，希望社会给予全职妈妈更多的包容和理解。最好制订一个全职妈妈的岗位，根据家庭经营的状况发工资。这样，全职妈妈有了收入的保证，安全感也会更强一些，家庭也经营得更好一些。当然，求人不如求己，全职妈妈们也不要坐以待毙。最理想的状态是，既可以照顾好孩子和家庭，又拥有赚钱的能力。姐姐妹妹们站起来吧，为这个理想的状态而奋斗吧！

错过

即将赶到公汽站，一辆 802 从眼前旁若无人地慢慢起步，我只能无奈地看着它缓缓离开，接下来一查，下辆车还有六站，开始了漫长的等待。

十分钟，二十分钟……时间慢得肆无忌惮，站台上等待的乘客越来越多。550、560、506 等公汽来了一辆又一辆，就是不见 802 的踪影，无奈要去的目的地只有这一趟公汽到，强忍着翘首期盼。

初春的早晨，气温开始慢慢回升，微风拂面少了分寒意，多了分温情，淡蓝的天空，让人情不自禁闭上眼睛，面颊向着蓝天，深深吸气，亲吻阳光的味道。

一个小红点缓缓驶来，站台上的乘客骚动起来，等到花儿也谢了，终于来了。可能等的时间过长，过来时已经是满满一车人，车下的人蜂拥而至，争先恐后地往这并不宽敞的车上挤。鲁迅先生曾经说过，"时间就像海绵里的水，只要愿意挤，总还是有的"。我也想套用一下，"空间就像海绵里的水，只要愿意挤，总还能多一点的"。看着车下几十号人，神奇般地慢慢挤了上去。我没有加入这浩瀚的队伍，站在最后面，静静观看等待。当我前面最后一名乘客挤上去的时候，脸几乎贴在门玻璃上。我还挤得上去吗？我敢肯定是可以的。事实证明，我真的不赶时间，果断等下一趟。

常态下，一辆车走了，下一趟要等几个站，就如我刚来时错过的，等了六站。当站台显示屏上提示从"已到站"跳成"即将到站"，我认为是自己眼神不好，定定神努力确认几次，确定没有看错。激动地一伸头，果然又看到一辆小红点神气地开过来。今天的小幸运。

经验固然重要，但生活又充满了未知。这一个又一个不按照常理出牌，给了我们一个又一个的小惊喜。经验让我们正常走下去，惊喜是这一路上的开心种子。种下去，让它生根让它发芽，让它撒满一路的欢笑。错过的不会重来，但并不意味着错过就遇不到更好的。努力但不强求，播下种子，静待瓜熟蒂落。

当前网络不可用，请检查你的网络设置

如果要在年轻人中征集最讨厌的事，标题的这句话一定位列前十。

好不容易休息一天，计划好好维护一下我的公众号。结果信号如往常一样，满满地举着满格的扇子，可就是连接不上。电视看不了，电脑用不了，手机连不上。断电、重启全没用，折腾了一个早上，感觉过了个假假日。

科技高速发展的今天，仿佛一切都可以在网上进行。没有网络，意味着很多事情做不了。工作需要网络，学习需要网络，生活的方方面面也需要网络。之前在网上很流行的一个关于手机的视频，意思是手机夺去了人的灵魂，让人沉浸在手机的世界里，变成了行尸走肉，把手机妖魔化了。在这里，我要给手机叫屈，为手机平反。手机只是个工具，使用手机的人是你。这种观点和小孩子撞到桌子上，却说桌子是坏蛋没有什么区别。包括这段时间在风口浪尖的网络游戏。一方面是超过 3 亿的用户量，男女老少通吃，似乎很受欢迎，为大众带来乐趣，开发者大敛其财。另一方面，青少年沉迷网络游戏，荒废学业，家长抓狂。职场新人花大量时间打游戏，工作上不思进取，玩物丧志。你能说都是游戏的错吗？游戏什么都不是，只是玩游戏的人本末倒置，无法掌控。

电脑、网络的诞生，绝对算得上是一项伟大的发明。它让我们最宝贵的时间资源增加了宽度。我们有限的生命，能有更多的时间和机会去体验这美好的大千世界。时间、空间的限制变得不再那么的明显。

高科技，是为人类服务的，需要自律的人类去掌控。如果被科技牵着鼻子走，成为机器的奴隶，那需要反思的还是我们自己。

得有多恩爱才会考虑生二胎

"生了不后悔,不生不纠结。"这是我最近听到的一句最淡定的关于是否生二胎的想法。

读书会的一位老朋友,最近一段时间都没有出现,一问才知道,她刚刚完成了一件大事。能被我称作是大事的,只有"生老病死",可见她这件事来头有多大。被你们猜中了,就是生老二。

在我看来,如果一个熟悉的朋友,突然一段时间看不见了,只有两种可能,一种是发生巨大变故,另一种是当妈了。请注意,是当妈,不是当家长,这件事,和爸爸关系不大,有没有孩子,爸爸们都可以潇洒得像毛头小子。可以说,想做一名负责任的妈妈,是件多么艰巨的任务!

妈妈们既要当妈妈,还要当妻子、媳妇、女儿,外加管家和保姆等。家里要面面俱到,职场上最好能独当一面。然而,即便是这样,在当妈这件事上,我们仍然前赴后继,乐此不疲。

我也是当了母亲后,才深深体会到对待子女的那种一切唯愿她好,掏心掏肺的感情。我也很爱孩子,和孩子像朋友一样相处，也希望有更多的孩子，更多的朋友。然而，养育一个高质量的孩子，可不是像老一辈人说的，只是多一双筷子那么简单。

每个孩子到来时是一张白纸，未来她过得好不好，很大程度是决定于父母的教育，你负有不可推卸的责任。

如果说一个孩子是小家庭的标配，那么二胎将是责任乘以二，甚至更多，你确定有这个能力吗？凡事预则立，不预则废。一拍脑袋就做的时代已经过去了。

生二胎的前提是夫妻非常恩爱。众所周知，生孩子对于女性是一个考验。生二胎，是明明知道身体变差、行动不便、容颜受损、产后抑郁、事业倒退等诸多风险后，再活生生地经历一次。如果不是对感情笃定，生二胎一定是一件非常疯狂的事情。再者，想要老二，经济实力要非常雄厚。现在在一二线城市养育一个孩子的成本有多高，就不用我过多赘述了。陪伴孩子需要花费很多的时间和精力，工作赚钱养家也要占用我们的时间和精力，这个世界是公平的，也许你能为子女提供非常优厚的物质条件，却在她人生的很多阶段缺席，未来和你的感情也不会非常融洽，我想这是任何一个家长最不想看到的。

母亲是孩子的靠山，只有你立于不败之地，你的孩子未来才有希望！

生二胎，你准备好了吗？

等待

　　"去把客厅的地扫一扫，拖干净，我们下围棋。"我对乖宝提了个好建议。"保证完成任务！"乖宝对我做了个敬礼的姿势，高兴地忙活了起来。为了拉我一起玩，乖宝也是拼了。

　　地拖好了，棋具也都搬出来了，乖宝看着湿漉漉的地面，手里举着棋盘，手足无措。心里着急着想下棋，但地面是湿的，没有办法放置。看她即将把棋盘放在地上，我一把把她抱了过来。"地面是湿的哟，棋盘放上去就打湿了，不好干，容易弄坏，下次就玩不成了。"我看出了乖宝的心事，微笑地对她说："等地面干了，再玩可以吗？在我们的生活中，很多事情是需要等待的，等待的过程也是充满期待的，当最后达成的那一刻，是否会感受到来之不易的快乐呢？"乖宝很懂事地点点头，先去玩其他的玩具，耐心地等待地面被风干。

　　我们常常会有这样的体会，当计划去旅游时，最开心的反而是为这次旅游准备的过程。记得去年8月，我们几个好友计划去成都自由行。当大家有这个想法时，都一起激动了好几天，接下来确定路线、找酒店、订火车票、买衣服、买鞋子等等，不亦乐乎。每天工作之余都在讨论去成都的如何如何，每天都会产生新的计划、新的想法，每天都非常快乐，充满了对这次成都之行的期待。虽然最后因为我的原因，没有去成，有点遗憾，但是，大家一致表示，这段准备的难忘经历比去成都玩这件事情更加珍贵，让我们一起高兴了半个月，也增进了朋友间的感情。

等待的过程就是一种期盼，盼望着那份美好的到来。在信息不够发达的年代，一封封书信的传递，一次次的等待，寄托着深深的情谊。今天，物质丰富、信息快捷、交通便利，想见什么人、想做什么事，很快可以实现。因为来得太容易，体会也不会太深，更不会很珍惜，人们也变得浮躁、功利、不择手段，人与人之间的纽带越来越弱，信任感严重缺失。

让我们放慢奔跑的脚步吧！看看路在哪里，方向在哪里，自己想过的生活是怎样的。然后，再朝着这个方向，去积累、去整合、去努力，当时机成熟时，一切将会水到渠成！我们回望走过的路，感受这段等待的过程，也将无限美好，靠自己的双手建立的一切，心满意足！

等着我

小时候，家里三楼的平台上，种满了各种知名、不知名的花树。每当父亲弄回来一种新的花树，总会向我们兴奋地介绍这种花如何的名贵，如何的好看。母亲、哥哥忙自己的事，只有我耐心、认真、充满好奇地看着父亲眉飞色舞。一年四季，三楼的平台上姹紫嫣红。午后的阳光，洒在专心除草、施肥的父亲的后背上，显得更加温暖和宽广。可能爱花的父亲潜移默化影响了我，我也很喜欢花花草草。

随着时间的流逝，我走过童年、少年、青年，现在步入中年，也早已成立自己的家庭。不管是住在哪里，窗台上总有一抹颜色为我绽放。花儿们也争气，不是今天开得惊艳，就是明天爬上窗台，偷瞧它们的主人在干啥。每月一次的修剪、除草、施肥，虽然会搞得满手脏污，一身臭汗，但看到一株株清爽，一片片明丽，心情大好。感谢它们对我的馈赠。

一年中，离开它们最长的时间就属春节了。离开前的最后一天给每一株花树浇足水，挺过一周的时间，我就回来啦。然而，今年的春节，突然的变故，我被滞留在了外地，现在一个多月过去了，你们还在等着我吗？

年前，看着窗台上一盆盆越来越多的花树，计划把窗台改造一下，做成一个整体的花圃，这样，既可以种更多的花树，还可以多接收一点阳光和雨露。然而，想着工程有点大，临近春节，节后再着手做吧。没想到……

有些事，真不能等，也许等着等着，就没有机会再做了。

希望如《庆余年》中叶轻眉所说，植物自会找到蓬勃之路，希望我的花树们可以等着我！

地铁上能否坐到位子是人品问题

刷朋友圈时，看到两位朋友同时吐槽地铁拥挤，腿子都站酸了，苦不堪言。而就在这两位朋友乘坐地铁的同一时间，我正好在地铁上，并且有座位。朋友们点评，地铁上能否坐到位子是人品问题。当然，这是一句玩笑话。

首先我申明，我是青年，身体健康，不符合老弱病残孕中任何一项。我坐地铁的时候，不管是上下班的高峰期，还是低峰期（貌似地铁永远是高峰期），90% 的情况下是可以坐到位子的。

朋友可能会问了，你怎么就运气那么好呢？我可以很负责任地告诉你，还真不是我运气好，只要掌握了方法，谁都可以成为那个有座位的人。下面简单为朋友们总结一下，希望你下次能"坐"地铁。

首先就是站位。站位是非常重要的。成事者讲究一个"天时、地利、人和"。地铁上天时、人和不太凸显，地利就显得尤为重要了。有些人一上地铁，就跑到两节车厢中间或者挤在门口。我想请问一下，你们想不想有位子坐。地铁上都被挤成了沙丁鱼罐头，你指望一到站，轰的一声，站着的人全下光了，突然空出大量的位子，显然是天方夜谭。我本能地认为，这部分人如果不是有高风亮节，就是根本不想坐。这时朋友要问了，那你说站在那里？一定要站在座位前面呀！至于怎么站到座位前面，自己脑补。坐的前提是有座位，而且要站在最内层，紧贴着坐的那个人。现在地铁那么挤，都是人挤人，别人有个座位不知道多么有优越感，不会在意你和他靠得那么近的。如果你是个美女帅哥，没准别人还巴不得呢！

第二就是观察。位置站对了，接下来需要眼观六路耳听八方。甭管坐着站着，地铁上的人人手一部手机看着。当一个人正在收耳机线，把手机放进包里的时候，就是他准备下车的时候，一定要把握好机会。还有一些人会谈话，说到哪一站下或者快要下车了，这时你就要留心了。快要下车的人会频繁地看站点。带行李物品的人，会在准备下车前整理，抓在手上，这些都是准备下车的信号。

再一个需要腿快。也确实有倒霉的时候，你前面那个人正好是从起点坐到终点，你等到花儿也谢了，脚也站肿了，还是没有等到位子。通过前面的介绍，你已经总结出了下车的信号，当你前面这个人没有希望时，你需要慢慢向有希望的目标移动，并且要保持准备坐这个位子的趋势。虽然有时候有人离这个位子比你更近一些，但当看到你准备过去，很多年轻人不好意思抢，或者只几站，没有必要抢，多半是谁的腿快，位子就是谁的。当然，如果碰到抢位子的，我的建议是停住，不要硬抢。常常看到身边人因为抢位子起冲突，得不偿失，咱静静地等下一个机会就好了。

哪有那么多顺其自然，哪有那么多岁月静好。坐地铁是一门技术活。常常看到圈里面朋友因为坐地铁抓狂，其实大可不必。既然我们天天要坐。何不多想想办法，快乐地坐，舒心地坐，毕竟地铁便利了我们的生活，缩短了出行的时间，我们应该感谢地铁。同时，多一点理解，多一点包容。即便是实在没有坐到位子，也欣然接受。还可以找其他的乐子，比如，我的这篇文章，就是站在地铁里写的。

丢失的钱物还可以找回来吗

丢失钱物，我想很多朋友都有过，有多少人找回来了？有多少人认为肯定找不回来而根本没有去找？又有多少人花了时间、精力、金钱去找，最终没有找回来？这个概率我没有时间，也没有想过去统计。我本人很少主动丢失钱物，倒是被偷过钱和手机，当然是不可能找回来的。但凡身边的人，听到丢东西或者被偷东西，几乎都是说没有找回来。偶尔听媒体报道谁谁捡到巨款，主动上交或者归还失主，都当作天方夜谭来闲聊。也是，这种走狗屎运的概率太低，很难想象会降临到我们头上。今天，事实证明，好运气真不是随便砸下来的。我帮助同事找到了丢失的钱物。

早上去上班，同事说，昨天中午去吃饭，把钱和饭卡都掉在食堂了。在所有可能的地方找过一遍后，锁定确实掉在食堂里。食堂里每天那么多人吃饭，而且过去了一天，同事认定不可能找回来了，并自嘲除了自己，什么都掉过。我默默地记在了心里。中午饭后，关于丢失的钱物，我说去问问。同事还笑着说，小事情，不可能找到的，不要浪费时间。就是问问，嘴在我们身上，也没有什么浪费，找得到不是更好吗？我坚持试一试。

　　同事的钱物是掉在饭桌上。首先考虑哪些人最可能接触到，其他的食客，保洁阿姨，食堂管理人员。食客是流动的，我们不认识，一个一个去询问也不现实，所以首先是礼貌地询问保洁阿姨是否捡到。阿姨说没有捡到，慌乱地连忙解释"我们捡到任何东西都会上交，以前捡到过钱、手机都交上去了，我们这里有监控，不会捡到你们东西不还的"。一个小小的询问，给阿姨造成困扰，的确不好意思。阿姨这里没有突破，我还是不死心，又去收费的地方询问，仍然得到否定的回答。不过，她给我指了个方向，说里面的负责人可以问问。抱着再试一试的态度，我进了食堂的后厨，在烟熏火燎中，扯着嗓子说明了来意。正在炒菜的师傅答复："一会儿给你。"当告知同事已经找到了的时候。同事第一反应是，你是骗我的吧？

　　当我们连声道谢时，小伙子还不好意思，说也不是自己捡到的。原来，昨天有一名吃饭的客人捡到了，交给食堂了。小伙子就保管了起来。如果那名客人捡到后装进自己腰包呢？如果小伙子不还给我们呢？如果我不询问呢？如果只问了保洁阿姨就放弃了呢？任何一个环节都有可能导致失物无法找回。

　　同事说，今天最开心的事情是失而复得。我想，钱和饭卡都是小事情。同事真正开心的，是这个过程中，发现了人性中的闪光点。如果这样的人越多，更多的人努力去这样做，社会风尚会越来越纯净，文明向前推进。现在是最好的时代，期盼着祖国更加的繁荣昌盛！

父母子女之情

当三十岁被我远远地抛在身后，我终于发现，时间给我上了一堂醍醐灌顶的课。曾几何时，三十岁遥不可及；曾几何时，三十岁焦躁不安；现在，已不知多少岁。走在人生的当口，曾经的问题不问自解，慢慢走吧，终究会有答案。

最近常常会想起小时候的事情，上学路上，游戏之间，甚至是非常平常的一句话，历历在目。都说回忆过去是变老的表现。连乖宝有时候也会说我老人家记忆力变差了，是真的吗？

朋友问我，为什么想到要建公众号？我认真地想了这个问题。一方面，我心中的想法，想找个地方安放，但更重要的是，生活中的点点滴滴的温暖瞬间想记录下来，留着以后慢慢回味。也不知道从什么时候开始，我有一股强烈的愿望，从胸中喷出，促使我下定决心开通公众号，开始书写与记录。

人间路走一遭，总想留下点什么。好像能留下很多，又好像什么都留不下来。细细思量，人生匆匆数十载，终将归于尘土。物质的都会消逝，唯有精神可以流传。可能，这也是我想留下思想、文字的重要原因吧！

这个公众号，除了自娱自乐，还希望成为和朋友的交流平台。我的亲人、我的良师、我的益友、感动的人、特别的人都会成为我笔下的主角。什么组成独特的人？是每个人不同的经历。之前和乖宝讨论未来科技发达，人类将走向何处，是否能实现永生。我的想法是，人的记忆留存下来，相当于存在。未来的科技，预计是可以做到这一点的。乖宝稚气地对我说，要我们永远在一起。以后我们一起安装机器心脏，一起活。哪一天，如果我过够了，不想活了，我们一起取机器心脏，永远陪着我。那一刻，一股暖流涌上眼眶。我非常明白乖宝，她对我的爱，竟然如此的深邃。

乖宝是我的希望，乖宝是我的动力，乖宝是我的未来。有了你，我已经什么都不缺。还怕什么困难，还怕什么岁月，还怕什么变老，让这些阻碍都滚蛋，我们要好好活！

今天清晨第一眼的小确幸。因为你，我的人生变得不同；因为有你，我的人生才算完整。

给你读故事

因为感冒不太舒服，早早到房间躺下。不一会儿，一个小小的身影蹑手蹑脚地进来，轻轻问道："妈妈，要我给你读个故事吗？"平常都是我哄乖宝睡觉，给她读故事。突然发现，乖宝已经长大到开始会关心人了，甚是欣慰。听不听故事是其次，那份心意暖暖的。

乖宝坐在我的床边，认真地选故事。选着选着，被故事情节吸引了，忘记了读故事，津津有味地看起来。可能一个姿势时间长了不舒服，她一会儿坐着，一会儿趴着，一会儿又躺下，不停变换姿势。"哦，妈妈，还没有给您读呢！"乖宝终于记起来到房间来干嘛的了，不好意思地敲敲头。"妈妈，这个故事可有意思了，我读给您听。"稚气的童声伴随着爱意飘进我的心里，感冒顿时好了一大半。

一次考试完，乖宝跟我讲，她们班上好多同学，如果考试考不好，会挨爸爸妈妈的打。一个同学甚至说，感觉自己考得不好，都不想活了。才三年级小学生，压力也太大了吧！这是个好机会，我顺势问乖宝："你的妈妈是怎么对你的呀，好不好呀？"乖宝一下子抱住我，高兴地说："我的妈妈从来不会因为考试分数责备我，只会提醒我把错题弄懂，鼓励我下次考出好成绩。我的妈妈比他们的妈妈好，是最好的妈妈！"乖宝不是嘴很甜的性格，她说出来的话，就是她心中所想。她对我的评价，甚是欣慰。所幸，乖宝各方面的表现都比较优秀。

网上各种段子，什么陪娃做作业导致心梗的爸爸；什么陪娃做作业导致心脏搭桥的妈妈。这些消息让我心惊肉跳，害怕自己沦为这样的家长，都是新手，没有重来一次的机会。一位妈妈吐槽，自己为孩子方方面面操碎了心，到头来，孩子写作文，最爱爸爸。简直是对妈妈的当头棒喝。一次检查作业，正好是命题填空作文。我最爱谁？这个谁是填空。欣慰的是，乖宝写的最爱妈妈。沾沾自喜，我也不能免俗，所有的付出都是值得的。

过程之美

老友说，你现在后悔从学校出来吗？如果不出来，你可以轻松地教书，有大量的闲散时间写书。

我不后悔。一辈子一种生活，我这样的性格也受不了。而且没有走过的路，我就不去评价。所以在我的字典里没有后悔这两个字。很多事情是因为选择不同，产生的结果不同，去接受就好了。如果不出学校，可能一辈子都遇不见你这样的好友，岂不是人生一大憾事。

这让我想起了一个在海边钓鱼的故事。有一个富翁见到一个渔夫在海边垂钓，就关切地说："你这样怎能赚到大钱？如果我是你，就会想办法买一艘渔船，这样会捕到更多鱼，赚更多钱。""然后呢？""然后我会把赚到的钱再去投资。""然后呢？"渔夫继续问。"比如开工厂。然后我再去投资，赚更多的钱，我就可以成为更大的富翁。""你有那么多钱以后干什么？""然后我可以到夏威夷海滩度假，享受悠闲的生活啦！""那么，你看我现在不正在享受这样的生活吗？"

很多人把这个故事当作鸡汤，认为不要把自己逼得太紧，要懂得及时行乐，随遇而安。殊不知，渔夫的此悠闲和富翁的彼悠闲是截然不同的。渔夫需要为生计、看天收。如果遇到暴风雨或者鱼类迁徙又或者污染，他就会没有收成，无法生活，估计更悠闲不起来。而富翁，通过不断地努力，积累财富，巩固了自己的经济基础，在最能拼命的时候，拼尽了全力，然后悠闲地享受自己胜利的果实，钓不钓得到鱼都是次要的，主要是有这份悠闲的心情。这份悠闲心情的获得，是靠自己努力的过程后挣来的。所以安心、所以踏实。

自己亲自走过，才知道会遇到什么。南墙也要自己去撞，才知道到底是墙倒还是头破。别人撞得头破血流，那都是别人的头。自己的头硬还是墙硬，只有自己撞过才知道。你的决心够强，如果确实想南墙倒，就算是头撞不倒，你也会再去找其他办法的。乖宝常常问我这行不行，那可不可以的时候。我给她的答案是，你自己尝试一下，行不行你自己说了算。我说行你不一定行，我说不行你不一定不行。乖宝若有所思地说，是不是《小马过河》的故事呀？你的领悟力还是很强的。

当征求我意见的时候，我一般不会直接否定，会鼓励她自己去尝试。如果是我经历过的，我会如实告知过程以及碰到的困难和总结的经验来供参考。如果没有涉及的，不会瞎说，直接说不知道就好了。

每个人最终都是要离开，如果都是开启的等死模式，那这个世界就会是千篇一律。正因为个体的不同，每个人的性格不同，爱好不同，追求不同，所以才构建了这五彩斑斓的世界。好好地去体会这来之不易的一次做人的机会，因为，只有一辈子。

户外烧烤生日会

马上就是乖宝八岁的生日。我问乖宝，你最想做的事情是什么？乖宝说想和好朋友玩。乖宝提到的好朋友，是她幼儿园时的同学。记得在她五岁的时候，我为她办了一次生日会，邀请了她的好朋友来家里聚会。那次活动乖宝时常念叨，三年过去了，当时的情形时不时成为我们谈论的话题，带给我们欢声笑语。现在乖宝八岁，进入了小学这个新的阶段。幼儿园毕业后，由于同学们分到了不同的学校，很多好朋友很难见到了，就想借这个机会，实现乖宝的愿望。来日并不方长，想做就是现在。

确定活动主题、时间、地点、对象。接下来就是邀约和活动物料的准备。我提前了一周邀约，仍然有几个家庭因为这样那样的特殊原因无法参加。人生就是这样，事情不可能完全按照你的想法发展，无法事事完美。正因为有这些不完美，才赋予了我们无限的可能性。

这次活动，全家齐上阵。我负责策划，她爸负责执行，乖宝前所未有地配合。指令一下，立刻马上到位，我走路一停，后脚跟就被乖宝踩到，一转身，立马撞上乖宝的头，哈哈一笑，接着忙下一个项目。一切准备停当，满怀期待地等待，这就是传说中的仪式感吧！

蓝天白云、艳阳高照、暖风拂面。在这个激动人心的日子里，我们一行三个家庭九口人的快乐列车正式起航了。三位爸爸是力量担当，什么烧烤架子、整箱水、整箱碳，一只手就举起来，仿佛有三头六臂，三下五除二把物料搬起来，挂满了全身。简爸爸别出心裁，不知从哪里捡到一根棍子，把袋子挑在肩上，俨然是移动的货架。三位妈妈是毫无疑问的颜值担当，专职负责貌美如花即可。三个小朋友是快乐担当，许久不见，叽叽喳喳说个不停，前追后赶，玩闹中也不忘帮助爸爸妈妈拿点小东西。

为了办好这次活动，我们提前一周来考察了环境。当一望无际的金黄的油菜花映入眼帘时，整个人都醉了。当机立断，就是这里了。当带大家来到这里时，所有人都表示被这美景震撼到了。是呀，生活在钢筋水泥中的我们，身处污浊的空气中，视线被层层阻碍，心胸也被挤压得无处安放。大自然的博大与馈赠，让我们打开心扉，自由飞翔。

拿出早已准备好的生日蛋糕，一根一根小心地插上生日蜡烛。当一根根蜡烛张开了小眼睛，我们一起围绕在乖宝身边，唱起了生日快乐歌。相信，亲情、友情的种子深深地种入了乖宝的心中。多年以后，乖宝每每想起今天，心中定会充满温暖。父母能够给予子女什么？就我而言，我想给予乖宝丰盈的内心，能支持她坚定地走下去。

　　烧烤、钓鱼、游戏；欣赏美景、谈天说地，我们很久没有如此地松弛和惬意。一天的愉快旅程结束了，未来还有很多的幸福时刻等待着我们，我一直坚信并且为此努力着。

回家，不需要理由

在我们的概念中，家是可以和温暖画等号的。有那么一个地方，不需要计划，不用理由，你随时可以回去。

组成自己的小家庭后，我在武汉定居了。一次周末回到出生地爸爸妈妈所在的家，周末结束准备回武汉。临别时，五岁的小侄儿奶声奶气地说："姑姑，下次再来我家玩哈。"我怎么感觉他这话哪里不对头，立马说："这是我家好不好，我在这里的时候还没有你呢。"亲人们哄堂大笑，妈妈打圆场："他个娃娃哪里懂呀，你不要跟他计较。"我哪里是跟他计较呀，是在教他搞清楚关系好不好。

我出生的小县城，思想上还比较落后。嫁出去的女儿就不是自家人了，再回家就是客人。所以，一般的家庭，拼了命要生儿子。我读高中的时候，好几个同学家里是上面好多姐姐，最后一个是儿子，这种家的母亲是幸运的，终于可以消停。也有没有那么幸运的。一个同学家里连生了六个女儿，实在是家里揭不开锅了，生不动了。一次她父母来学校看她，白发苍苍，一点不像四十多岁的人，说是六七十岁，估计也有人信。呜呼哀哉，生而为人，性别就那么重要吗？

男人和女人是平等的。没有女人，能有后代吗？讲真，一个家庭的和睦，女主人起到决定性的作用。孩子是否有出息，通常跟妈妈的关系更大。从某种意义上说，一般母亲更加坚强，有韧性，特别是和孩子的感情，比父亲深得多。女性的地位低下，伤害到的是民族的未来。

我算是幸运的，上面有个哥哥，我的出生自然如爸妈所愿，儿女双全了。总的来说，在我的成长阶段，父母对我们是同样疼爱的，只是封建思想很严重的小县城，完全不受重男轻女思想影响是不可能的，哥哥仍然作为继承人，嫁出去的我终于成了客人。我无意跟哥哥争夺地位，尊重父母的决定。但这种重男轻女的思想，一定要在我这一代终结。当我的女儿出生，她的小脸和我的大脸亲密接触的那一刻，我由衷地欣喜，心中暗暗地下定决心，要好好呵护她一辈子。

家，不是一所房子，不是一处地方，有妈的地方才是家。如今，我也成了一位妈妈，今生最大的成就，就是拥有我的女儿。看她笑，陪她闹，跟着她奔跑，注视她睡觉。她成长中的点点滴滴都有我的参与，最大的愿望是她能够过自己想要的生活，为她提供一个温暖的港湾。悲伤时可以来休整，快乐时一起分享。我的怀抱永远向她敞开，心随时可以回家！

交通工具的变迁

　　我出生在一个小县城。我的活动范围是房屋的空地和学校。有个舅舅少年离家出去闯荡，在武汉市扎下了根。那时能去武汉走趟亲戚算是出远门、见大世面，前前后后需要计划很久，一年甚至几年才能去一趟。

　　出门免不了要坐车。那年月，坐趟长途车也不是容易的事情。车次很少，需要早早地去车站占位置。既然是走亲戚，当然少不了要带些特产、礼品、换洗衣物，大小袋子挂满全身。车票几块钱一个人，小孩子如果不占座位，是可以不买票的。从小，我就个子瘦小，比实际年龄看上去小很多，虽然过了十岁，还是被妈妈按在双膝上，当个小娃娃抱着，当然是为了省车票钱。车上没有按座位上车一说，只要能挤进来就可以上，过道里的乘客都将就坐在自己的行李上，狭小的空间里挤满了人，呼吸都成为一件费劲的事情。

　　公交车在我们小县城是没有的，多少年满街是自行车。大城市的公交车在我眼里也是稀奇，一节一节那么长，中间像是伸缩手风琴来连接，转个弯车头转过来了，车身好像还在直行，呈九十度角，票价好像是一毛钱一个人。

　　当我考上了大学，终于来到了我眼中的大城市，这时的交通情况有所改观。长途车多一些了，想回家一次十元钱，最便宜的过路车七块钱也可以坐到。不过车上的环境一如既往的糟糕，能有个位子就要烧高香。公交车随便坐，人也不是特别多，空调车一块，普通车五毛，我多数是坐五毛的普通车。

　　现在的我已经在武汉市生活二十多年。回娘家基本上是开车，偶尔坐巴士也是一人一座的空调车。出门有公交，有地铁，有轿车。旅行有动车，有高铁，有游轮，有飞机。

　　这几十年，交通工具在不断地升级变迁，我们的生活品质也在不断地提高。只要肯努力，生活会越来越好！

和乖宝的一次关于生物的对话

走在小区的小径上，路边的草丛中，一只黄色的猫咪和一只白色的汪汪在对峙，引起了乖宝的兴趣。我们停下脚步，默默地注视它们。猫咪绷紧着身躯，圆目怒视着汪汪。汪汪腰部下垂，头颅举起，紧盯着猫咪。它们就保持着这个姿势，纹丝不动。

"它们为什么打架呀？"乖宝仰起头，天真地问我。"这是动物的天性呀！猫和狗是天敌。"我温和地告诉乖宝这个常识。"我们人类也属于动物。""那我们的天敌是什么？"乖宝接着的这个问题，我一时回答不上了。

人类是一步步进化来的。人和其他动物的最根本区别在于会使用工具。在所有的其他动物中，只有猴子能使用简单的工具，猴子也就成为人类以外，最聪明的动物。学会使用工具非同小可。人类因此打败所有的其他对手而成为世界的霸主。如果说人类还有什么天敌的话，那就是自然灾害了。

"猫、狗、兔子、长颈鹿是动物，那大树、花草是动物吗？"乖宝思路挺活跃，提出了新的问题。"会动的物体叫动物，那些大树、花草不会动，所以我们叫它们植物（其实植物也在不停生长变化，只是不易察觉，相对不会主动移动太远距离），动物和植物统称为生物，它们都是有生命的。"我耐心地给乖宝讲解。乖宝默默地念叨："汽车会动，但是它没有生命，那它叫什么呢？叫物体。"看来乖宝慢慢领会了。

既然乖宝有兴趣，我就细细地引导。像汽车、火车、飞机这类型，虽然会动，但是人去操作的，让我们的步伐更快一些，属于代步的工具，它们是没有生命的。除了生物有生命，其他的都是没有生命的，是为了生物可以生活得更好而发明出的工具。

乖宝听得津津有味。一路上，指着麻雀说是动物，指着向日葵说是植物，指着房子说是工具……什么东西都可以归类，现学现卖。

欢声笑语洒满小径，我们并肩走向前方。

开始做减法

今天，吃完了美味的生日蛋糕，漂亮的蛋糕盒子被我毫不犹豫地扔了出去。五年前，我会仔细地把蛋糕盒子擦干净，认真思考这个漂亮的盒子可以装哪些重要物件。一年前，我会把盒子先放一段时间，看看能装什么。今天，它无情地被我抛弃了。五年前的那个盒子，一直放到壳子泛黄，也没有起到作用；一年前的那个盒子，落满了灰尘；今天的盒子，殊途同归。时间教会我们很多事情。一次偶然的机会，听到罗同学的演讲，里面提到，人到 40 岁，要开始做减法，深以为然。

上面的文字，是我生日当天，有感而发写的，但是写完这段，后面不知道怎么接了。接着讲大道理吧，没啥意思，别人不愿意听，我还要费脑筋写，怎么看怎么是双输。没想到，再次拿起笔，已是一个月后。

我的好友群里，人数少了一位。打开群一看，那个熟悉的身影没有了。一直给我建议，陪伴我一路走来的好友，默默地退出了我的好友群。憋了两天，还是没有忍住，问她为什么退群。她的回答是，"群太多，做减法。"

你知道吗，你是我非常重要的朋友，意义是非凡的。我的每一点变化，新的想法都想第一时间告诉你，你的存在，给了我安全感和温暖。当表达了这些情感后，她主动又回到了我的群里。是的，你静静地在那里就好！

微信群让沟通变得方便快捷。什么事情都想建个群来安排。打开微信，满屏都是小红点，有时候看过来都费劲。在我的微信群中，最多的是工作群，占 80% 以上；其他有几个同学群，好友群和兴趣群。我也会不定期地清理删除一些过气的群。

各种 APP 占满了屏幕，找起来费劲不说，手机速度拖得越来越慢，卸载不常用的 APP，也成为日常工作之一。

看着家里衣服越来越多，每逢换季，要把家翻个底朝天，疲惫不堪。前段时间，把衣服收拾收拾，发现有的衣服只穿过一两次，每年整理，以为有穿的机会，但几年放在那里，再没有穿过。看着还是新的，已然没有穿的欲望，占领着宝贵的空间。收拾出了几十斤旧衣服，果断捐出去。

不管是空间，还是心灵，都是有限的。腾出空地放置最重要的，需要做减法。走过半生，一本书越来越厚；接下来，到了把它读得越来越薄的时候了。

咳嗽

每年的 11 月至来年的 1 月，必来一顿咳嗽大餐。今年硬撑到 1 月还没有，心想是否可以逃过这个魔咒。正在沾沾自喜，咳嗽小爷大摇大摆地驾到了。白天咳，晚上咳，寝食难安，一句完整的话都难说完，吃饭时咳到喷饭。靠嘴吃饭的人，这是职业病。一刷朋友圈，和我同病相怜的人还不少，各种花样咳，走在路上，也是咳声不断，总之就是烦躁。

自己的咳嗽自己知道，咳个十天半个月，一般会自己好，是药三分毒，所以也没怎么吃药。根据以往的经验，咳得最厉害的时候，整晚整晚咳得无法睡觉，一晚咳痰能用半盒纸巾，几无喘息之力，经过了这个过程之后会慢慢好转。虽然久病成半医，但咳得实在难受。问乖宝："妈妈咳嗽这么难受，怎么办呀？"乖宝说："你多喝水呀。""我已经喝了很多水，还是咳不停呀。""你心平静了，就不咳了。"听了乖宝的话，我愣住了，真不知道 7 岁的孩子怎么能说出这样成熟的话，开始会用精神胜利法，可以给我灌鸡汤了。还别说，相同的话，从不同的人嘴里说出来效果完全不一样，烦躁的心真的平静下来，咳嗽频率的确减缓了。

正如我所料，不眠不休连续咳嗽了两个晚上后，咳嗽症状像突然刹车一样，瞬间减轻了，搞得我反而不太适应，不太敢相信。昨天还死去活来，今天晴空万里，云淡风轻。

都说时间是解决一切问题的良药，虽然有些绝对，但时间的确可以解决生老病死外的大部分问题。这一刻仿佛无法过去的坎，下一刻释然。一如求而不得的爱情；一如心心念念的高分；一如深爱宠物的离去；一如意义非凡的物品；一如久治不愈的咳嗽。回过头来发现，它们在记忆长河中慢慢被淡忘，有的甚至已经记不清了。

人不断地在成长，问题不断地在发生，又不断地被解决。兵来将挡水来土掩，永远相信办法比困难多，我的道行还不够，继续修炼。

老天是在给我放假，我看出来了

刚拿了快递，正在看是什么，脚底一滑，"啪"的一声，骨头与骨头的碰撞清晰可听，轱辘滚到地上，坐在地上半天缓不过劲来。一瘸一拐摸回办公室，坐在位置上，一上午不敢动，期待脚伤像以往很多次一样，休息休息就恢复了。中午要吃饭了，不动不行了。脚一沾地，哎呀妈呀，钻心的疼。一看，脚踝肿起了一个大包。看这架势，硬扛是不行的，得上医院。

排队，挂号；排队，看病；排队，拍片；排队，拿结果；排队，看结果，开药；排队，拿药。医院来不得，"毛爷爷"不见了不说，挂号、看病、拍片、拿结果、看结果、开药、拿药，总共用了不到十分钟，其他时间全部耗在排队上，一个下午没有了。艳阳高照，春光正好的下午呀，就这么没了。时间就是生命，时光就是金钱呀，这句话真是说得太对了。同事帮我跑前跑后，我坐在那里，什么也做不了。

伤筋动骨100天，万幸，没有伤到骨头。医生开了治伤药和一张最少休息一周的假条。反复嘱咐，不要走路，伤脚抬高。

辗转回到家中，沙发上坐下，把受伤的左脚抬到椅子上，垫个软垫，抬高。接下来的时间，保持这个姿势，静养。

喜欢蹦蹦跳跳、动若脱兔的我，原来也可以静若处子。

我的时间分配是一环扣一环的。每件事，都有它固定的时段。如果哪个环节没有按照规定动作完成，这个链条的平静就被打破了。这就是焦虑的来源。显然，突然扭伤的左脚，无法行动的我，不属于任何一环。出不了门，连锁反应是，工作只能电话联系，无法现场处理；孩子无法接送，陪伴；家务无法做，乱成一团；活动无法参加。而这一切，我什么也做不了，只能静静坐在沙发上，旁观。

曾经有同事对我说，看不出你小小个子，走得挺快。这句话，出自一位身高接近一米八的男士。他有点赶不上我的步伐。在我的记忆里，我的生活比较匆忙。匆忙上学；匆忙工作；匆忙赚钱，一切都是匆匆。突如其来的扭伤，像奔腾的水库突然关闸，强制暂停了我的匆匆。

看着日出日落，看着光影由暗到明，由明到暗。一本书、一杯茶，静静地坐着，身体得到了很好的放松和休整。我知道，老天是在给我放假，提醒我脚步需要慢下来，我看出来了，坦然接受就好！

力量悬殊的较量

昨晚给乖宝讲睡前故事，读到一篇文章，讲的是黑尾蟒和大耳朵雪兔的故事。

雪兔是一种繁殖力很强的动物，动物园引进4对雪兔，两年的时间发展成了一百多只的兔群。雪兔并不是非常珍稀的动物，加上兔笼挤不下，动物园不想浪费过多的饲料，想出一个两全其美的办法，从雪兔中挑出年老体衰的喂食黑尾蟒。动物园有只6米长的黑尾蟒，仅此一只，而且非常稀有，自然被当菩萨一样供着。黑尾蟒需要喂食活物，雪兔正好嫌多，被倒霉地选上了。被丢进蟒笼的雪兔，开始会拼命上蹿下跳，想要逃脱，折腾一两天后，殚精竭虑，神情呆滞地等死。也有拼命吃喝和悠哉玩耍的特例，这些雪兔多半是被吓得精神分裂了，最后自己投进蟒嘴。

当大耳朵雪兔被丢进去时，第一天也是拼命逃窜，但到了第二天，发现一切都是徒劳的，反而冷静了下来，开始想对策。它先找了一个角落开始刨洞。难道它看过《肖申克的救赎》想刨出一条逃生洞？然而它的小兔牙和留给它的时间显然不够，黑尾蟒慢慢地苏醒过来了，大耳朵雪兔的死期要到了。大耳朵雪兔屏气凝神地盯着黑尾蟒。蟒嘴咬过来的瞬间，它用力朝反方向一蹦，逃过一劫。黑尾蟒一愣，还从没有碰到自己吃不到的兔子。它再次发出致命一击，这次又被雪兔逃过了。对于蟒蛇而言，直接进攻不是它的强项，它的强项是先缠绕绞死猎物，再吃掉。之前的雪兔都是等在那里被吃，让黑尾蟒忘记了自己的特长。今天碰到了个狠角色，调整战术，把身体扭出一个圈，向大耳朵雪兔套去。第一套，大耳朵雪兔逃脱了。还没有站稳，第二套又来了，倒霉的大耳朵雪兔被套住了，眼珠暴凸，眼看要香消玉殒。大耳朵雪兔朝套住它的蟒肚子上狠狠地咬下去。黑尾蟒突然遭此重击，疼痛难忍，放开了雪兔。小小的大耳朵雪兔，给了巨大的黑尾蟒沉重的心理打击，它沮丧地退到一边，不再攻击。大耳朵雪兔利用这短暂的喘息机会，快速地吃草料，补充体力，为接下来的恶战做准备。动物园饲养员见黑尾蟒不动，生怕宝贝黑尾蟒饿着了，赶紧又丢了一只雪兔进去，这只雪兔立刻瘫倒在地，一口被黑尾蟒吞下去了。心满意足的黑尾蟒把身体一圈一圈叠起来，进入了为期十天的睡眠期。这意味着大耳朵雪兔又可以活十天了。其间，它除了吃睡，就是挖洞，大耳朵雪兔一分钟都不闲着。我一直纳闷，是什么让大耳朵雪兔有勇气展开这场看似毫无胜算的力量悬殊的较量。三天后，这个谜底揭开了，大耳朵雪兔刨出的洞中，出现了三只粉嘟嘟的兔宝宝。

　　当讲到这里时，我的眼眶湿润了，哽咽着继续为乖宝讲下去。我的软肋被深深地拨动。母爱的力量太强大了。将生命带到世上的使命感，让大耳朵雪兔克服了巨大的恐惧，拼死一搏。然而，它们的绝命号并未终止，黑尾蟒即将醒来，它和三个刚出生的兔宝还是会葬身蟒腹。令人惊奇的事件又发生了，大耳朵雪兔居然主动发起进攻，狠狠地在蟒尾部咬了一口然后向远离孩子们的方向逃走了。黑尾蟒似醒非醒，摸不着头脑。大耳朵雪兔趁机又咬一口。估计黑尾蟒的三观要被刷新了，需要重新认识雪兔这个物种。狭路相逢勇者胜，黑尾蟒居然被大耳朵雪兔追着咬，躲到树上去了。动物园考虑到这样下去会严重影响黑尾蟒的心理健康，加上让刚分娩的母兔和刚出生的小兔去死，实在不人道，便将大耳朵雪兔和它的三个孩子移回了兔舍。重生后的心情无以言表，屌丝逆袭，振奋人心！

故事讲到这里，我的心里大声为大耳朵雪兔喝彩，久久无法平静。当我为乖宝讲这个故事的时候，讲得热泪盈眶。虽然不能确定故事的真实性，但我愿意相信是真的。

支持大耳朵雪兔打赢这场力量悬殊的硬仗的，毫无疑问是它强大的母爱。从开始的万念俱灰到后来的奋起反击，是为了腹中的宝贝有生的希望。无数的史诗在歌颂母爱，而真正理解母爱，是自己做了母亲以后。孩子的一颦一笑，一哭一闹，第一次说话，第一次走路，第一天走入学校，无不牵动着我的神经。为她的小小进步而欢欣雀跃，为她犯错又黯然神伤。从此，感觉肩上压力山大，承载着另一个生命的责任。我是给乖宝生命和成长环境的人，直接影响乖宝的起步和未来人生的生活质量，丝毫不敢怠慢。而作为母亲，却没有任何培训直接上岗，每一步都走得诚惶诚恐，自己也需要不断地历练与成长。愿和乖宝携手走过人生路，一起去面对和迎接生活的挑战，创造精彩的人生！

龙须酥

还没进门就闻到一股久久萦绕在脑海里，但又回忆不起来的味道，一看，乖宝手里正拿着一盒龙须酥，嘴上长满了"白胡子"，胸前、地上满是白色的星星点点。若在平时，我会责怪她不讲卫生，但今天我知道，龙须酥吃起来就是这样，别说一个小孩童，大人吃起来也会是这个效果，这就是龙须酥，满满的都是儿时的回忆。

时光被拉回到30年前。在20世纪80年代，人们在温饱线上挣扎，物质水平还很低，衣食住行都要定量，除了粗茶淡饭，其他像现在非常常见的瓜果、茶点、各式零食，只有在过年的时候能有几样，平素里是很少见的。虽然缺衣少食，但妈妈总是变着法给我们惊喜。记得龙须酥被带回来的时候，看着长长方方的一盒，我们不知道是什么。那时候的龙须酥还没有做成现在这样一小盒一小盒，一个人吃一盒很方便。那时候，是一个类似书本大小的一大盒，我们一家四口把这个盒子团团围住，我和哥哥更是止不住地咽口水，恨不得马上吃到嘴里，看看到底有多好吃。当妈妈把盒子打开时，一个新问题又产生了，龙须酥貌似粉状的，很容易散架，但拿起一小块来，又和其他部分连在一起，有千丝万缕的牵连，横也不是、竖也不是。我和哥哥早就迫不及待了，不管三七二十一，抓起一把塞在嘴里，白粉糊了一嘴，掉了一地，那糯糯的米粉、酥脆的甜丝沁人心脾，确实好吃，再一看对方，都长了"白胡子""白爪子"，顿时，手指着对方，捧腹大笑。爸爸妈妈在一旁也笑得上气不接下气，那笑声，仿佛现在还萦绕在耳畔。

　　小小的一盒龙须酥，就可以给我们那个平淡的家庭带来欢乐，为贫瘠的生活增添美好的色彩。现在物质生活丰富了，好像要什么可以买什么，只要有钱，钱的作用被无限地放大，人们为了追求更多的钱，不惜一切代价。然而，我们慢慢地觉察到，身边的感动少了；身边的真情少了；身边的笑声少了。被金钱买到的快感稍纵即逝，接下来又是无止境地想获得更多的东西，当然，随之而来的是付出更大的代价！如何找到真心的快乐，需要用心去体会。

玫瑰

"美女，买枝玫瑰吧！"一个个子矮小、面色暗淡，明显营养不良的小男孩，挡在了我急急行进的路线前面。对于一位行色匆匆、年过四旬、独自一人行走的女士，这样的推销未免显得不合时宜。从小男孩急促的声音中，可以听出他生存的不易，看着眼前的玫瑰，思绪竟飘忽到了大学时代。

那是 1998 年的圣诞节，刚刚进入大学的我们，有着无比年轻的面庞和朝气蓬勃的热情。那时候大学一个宿舍住 8 个人，我们八个来自天南地北的小女生聚在了一起，刚刚从家里面独立出来，总想着做个什么不同寻常的事情，经过连续几个晚上的卧谈（躺在床上各抒己见，一直到深夜），最后敲定在平安夜的晚上去武汉最繁华的地段 —— 江滩，卖玫瑰花。那时的我们并没有品尝爱情的滋味，但被大众、媒体的教化，也知道，每年的平安夜，应该是情侣们最重视的，表达爱意的时刻。

说干就干，年轻最足的是精力。小伙伴们分头行动，策划组、物料组、执行组有条不紊地进行。策划组安排时间、形式、路线，从晚上 6 点出发，两人一组，在江滩选四个最热闹的点。物料组当天早上去花鸟市场批发玫瑰花。执行组就是全体人员，严阵以待，心情澎湃，等待着这个不同寻常的晚上。那时候手机还没有普及，打电话是用的路边的 201 电话机，联系是非常不方便的。可想而知，要举办一次成功的活动，也是很不容易的。事实证明，这次活动的确成为我们所有人引以为傲的一次难忘经历，它鼓舞着我们不断奋力前行。

激动人心的时刻终于来临了，我们 8 个人分为四个组，分别到了各自负责的区域，我被分到了武汉港对面，江汉路入口处，这里平常人就特别多，更不要提平安夜了，可谓是人山人海，已经无法数清楚，只能感觉人是一个方阵一个方阵变换着图案，仿佛大型的文艺表演。虽然到处是人，但抱着玫瑰花的我，不知道先从哪里开始。刚从小县城来到大城市的我，多少有些腼腆，怯生生地看着来来往往的人群。正当我犹豫不决的时候，一个黑黑的脑袋伸到了我面前，吓了我一跳。"小姑娘，是别人送你这么多玫瑰花吗？"一位黑人大哥哥打趣地问。如果不是他满口的洁白牙齿，我真没有注意到身边有个人。"不——不，不是的，这些玫瑰花是卖的。"我竟然紧张得忘了向他推销。大哥哥温柔地笑了，"给我一朵，多少钱？""十块钱。"平安夜的玫瑰花一花难求，情比金贵。大哥哥毫不犹豫地付了钱，还祝福我们"平安夜快乐！圣诞节快乐！新年快乐！"顺利地开了个好头，有了第一枝玫瑰花，自然不愁第二枝，我们激情高昂，开始冲向了人群。不知不觉，手里抱着的变成了握着，握着的变成了捏着，捏着的变成了举着，眼看着一捆一捆的玫瑰花都卖出去了。"当——当——当——"零点的钟声响起，大家都涌向钟楼，欢呼雀跃。手里最后几枝玫瑰花，送给了碰到的有缘人。

平安夜卖花活动圆满结束。

美食城

民以食为天，最近流行的"吃货"，以一种骄傲的、势不可当的姿态告诉我们吃比天大的道理。

到古田这边来工作，不知不觉，过去半年。随着城市的崛起，人们的购买能力提升，各式各类商圈应运而生，吃喝买玩一条龙。这样配备齐全，服务到位的商圈，自然少不了美食城。正好，我现在工作的古田，就是一个不大不小的商圈。说它"不大不小"，是因为它既没有"江汉路商圈"那么繁华，又没有"武广商圈"那么精致，仿佛一个大户人家的老二，老感觉差口气。商铺不算少，生意不太好，但由于靠近大型超市，美食城的人流倒是不少。

人当然离不开吃饭，我自然不会是例外。到了一个新环境，第一件事就是找好吃饭的点。幸运的是，我很快找到了这家"美食城"，价廉物美，最重要的是符合我的口味。我认真打量着每家特色小吃：招牌凉面、特色抄手、小碗菜、荷叶饭、盖饭……"老板，来碗凉面，不要辣椒。"对于这家美食城的好感从这碗凉面开始，可见，第一印象是多么的重要！面条润滑筋道，味道酸甜可口，花生、黄瓜等小菜清香脆嫩，一大口一大口停不下来。向来不喜面食的我，竟然一口气将一海碗的凉面吃个精光，配杯豆浆，吃得那个舒坦呀，吃饭很少能这样的满足。以前不知道什么是"抄手"，一问才知道，是类似于水饺的面食，里面是由肉和菜混合在一起的馅料，外面包面皮。满满一大碗，上面还漂着虾米和青菜，才6块钱，不吃不知道，一吃吓一跳，真不是一般的好吃。终于明白，我以前不爱吃面食，是因为很少吃到好吃的，所以产生了偏见。正如我很久以前不喜欢吃对人体非常有好处的绿豆，后来仔细想想，是来自童年亲眼看见成堆的黑色硬壳虫从绿豆里爬出来。这些印在我们童年的烙印，深深地影响着我们。

昨天还吃了的"抄手"，今天再走进美食城，"抄手"摊位空空如也，人去铺空。清晰地记得这个一家三代人在操持的生意，一对年轻的父母带着一个刚出生的婴儿和一对长辈，可能是女方也可能是男方的父母，祖孙三代人其乐融融。感觉他们家的生意还可以，为什么不做了呢？多少为他们有些担心，同时，一份失落环绕在心头。

在古田的这半年，看到了美食城很多像"抄手"这家一样，旧的走了，新的来了，新的又走了，更新的又来了。今天还在一起欢笑的人们，明天可能就各奔东西，今生再无相见。所以，每一个相聚的时光都要好好珍惜，每一个离别的时刻都要好好道别，因为，你不知道，今生还有没有机会再见！

你有一张骑车券没有使用，退费将清空

满满的都是套路。退押金前认真地看过都没有钱了，准备退就来了一张优惠券，立马决定先不退，这套路，我喜欢。什么是营销？这就是营销，让你欲罢不能！

一个小孩子对爸爸说："爸爸，我已经想了所有办法，也一一尝试了，还是不能完成，这个困难我实在无法解决。"爸爸只说了一句话："孩子，你还没有向我求助，怎么能说所有办法都用尽了呢？"

事情往往是这样。我们无法解决的事情，并不代表解决不了。站在我们的立场，人力、物力、财力还没有达到解决所有问题的程度。这个时候，可能精神胜利法就派上了用场，我们是否有强烈的愿望要去解决这个问题。

真的不要小看信念的力量。没有做不到，只有想不到，人类的极限在哪里，谁都说不清。很多事情没有解决，归根结底是不想为了这件事去动用更多的资源。说得好听是顺其自然，让时间检验一切。说得不好听就是碰运气，拖到最后不了了之。

回到文章的开头。规则定好了，想骑车就交押金，骑完车可以退押金。然而，当我们退押金的时候，系统给你送券，谁不喜欢免费的午餐呀！这就是在挽留用户的动作，非常用心。

凡事都怕"用心"二字。对家人用心，会家庭和睦；对工作用心，会步步高升；对子女用心，会母慈子孝；对朋友用心，会高朋满座；对自己用心，会成就一个更好的自己！

胜利就是不缺席

坚持就是胜利，这句话是人们常常说的。真的是这样吗？不甚理解。

新学期，乖宝的羽毛球班同学，好几个因为班主任老师认为羽毛球影响他们文化课学习，导致他们训练时间减半。由于天气的原因，班级群里天天有家长 @ 老师，因为孩子感冒发烧咳嗽不能去上学而请假。我家乖宝因为没有缺席，不管是学习成绩还是体育锻炼，都名列前茅。最近我参加了一个线上读书组织，要求每天花十五分钟读书。第一个星期下来，我意外获得了多项荣誉，而我做的，仅仅是每天花了十五分钟阅读。我心想，这不是很简单的事情吗？然而，这么简单的事情还是很多人没有做到，我仅仅是做到了不缺席，就领先于他们。本来是三件完全不相干的事，突然有所触动，让我萌生了一个想法，胜利就是不缺席。

不进则退，直接退则退无可退。要做到不缺席，一是时间管理，二是对事件的重视程度。曾经有位友人说的一句话感动了我：对你，我永远有时间。比起时间管理，对事件的重视更加重要吧！时间是有限的，把有限的时间用在哪些事情上，是值得我们深思的。

最近有个提法，学会做减法，抛弃掉无用的社交，把时间花在有意义的事情上。新的问题产生了，什么是有意义的事情呢？我想，千人千面吧，每个人对有意义的界定是不同的。是和家人和睦相处有意义，还是建功立业有意义，又或者是建立良好人际关系有意义……当你确定了哪些事情是有意义的，需要花时间去经营的，下面，才需要用到时间管理。

每个人的做法不同。比如我，如果决定做一件事，会尽力去做好，俗话说的，答白算数。我很喜欢阅读，但之前阅读，多是很随意的。内容不固定、时间不固定、甚至读不读都不固定。但刚刚提到的线上阅读，就是一个有组织有纪律有章法层层递进的一个平台。之于我，也是颠覆了传统的阅读，也是一项挑战。但一旦我决定了要参与其中，了解到了这件事对我的益处，我就会尽力去做好，做好充分的时间和心理准备。仅仅是不缺席，就让我遥遥领先。胜利来得如此容易，好心虚。

青春向上

爱读书、乐分享、共青春。青春有无限的可能，青春充满了力量，青春积极向上。

三年前一个偶然的机会，邂逅了青春江岸读书会，成为首期书友。不知不觉三个年头过去了。在这里，认识了才华横溢的李书记；在这里，聆听了文学界大咖沈老师的心得；在这里，结识了一群志同道合的爱好读书的朋友。

朋友们曾经不止一次地问我，为什么你不管多忙、多累，仍然想办法去参加读书会。这个读书会为什么有那大的魔力？我告诉他们，不管平时的生活、工作多忙、多累，我来到读书会，听到大家的真知灼见，得到了大家的鼓励，马上又充满了力量，又可以继续战斗，这里是我的加油站。同时，我也燃烧小宇宙，把光和热带到我的朋友中去。我想，这也是青春江岸读书会的初衷吧，引领社会风尚，传播正能量！

书中自有颜如玉，书中自有黄金屋。书是最平民化的精神食粮。读书会每两月推荐一本好书，帮我们做了精分和引导。《目送》让我们感受到父母给予子女浓浓的温情；《明朝那些事儿》使我这个对历史不感冒的人一口气把7本书都读了一遍，而且还调动了乖宝对历史的兴趣；《偷影子的人》被很多朋友借阅，都说从中有所收获；《好妈妈胜过好老师》教会我们正确的育儿方式。一本书浓缩了一种人生。看别人的故事，过自己的人生。

　　不仅仅我自己爱读书，也把我身边的好朋友带到这个积极向上的环境中来，她们也爱上了青春江岸读书会，也带她们的朋友来。一个人的力量是微薄的，大家合力才能产生巨大的力量。有了青春江岸读书会这群朝气蓬勃的书友，必将带动身边人爱读书，想读书，爱生活，最终推动社会的文明。我们在路上，也将继续走下去。

十几年没有工作了

正在试衣间试衣服，听到营业员和一个顾客聊得热火朝天。细细一听，貌似这位顾客是营业员的老同学，逛街逛到营业员所在的店铺，偶遇聊起家常。她们具体谈什么不得而知，只有一句话给我留下了深刻的印象。这位顾客说："十几年没有工作了。"言语之间还有几分得意的优越感。这位营业员回了一句："我也只出来干了三年，随便混一混。"似乎条件赶不上同学，有点不好意思。试完衣服出来一看，两位不过 40 岁上下。如果十几年没有工作，那不是 30 岁就开始养老啦！

营业员就不用说了，条件一般。这位大放厥词的同学，穿着也很大众化，长相显得老气，语言里透着世故。哪里都看不出来十几年没有工作有什么好骄傲的。当然，这是别人的生活，我没有资格去评论。我是来买衣服的。这位营业员还算和气，也很卖力地为我推荐衣服，服务还比较周到，我挑了三件，买了。

走在路上，我一直在想"十几年没有工作了"这件事情。我们努力工作，是为了过更加自由，更有尊严的生活，提高自己的生活品质，不再被房子、孩子压得喘不过气来；不再看到喜欢的衣服的标签而默默地走开；不再加班加点地拼命工作；可以有自由支配的时间和去看看世界的心情。

十几年没有工作，意味着这十几年没有经济收入，是靠着别人而活。可能是在家里照顾家人，也可能已经赚够了养老的钱了，也无可厚非。如果不是这样，只是自己单纯的懒惰，在还需要奋斗的年纪选择安逸，就有点说不过去了。短暂的调整是必要的，是为了更好地出发。长期的闲置只会和这个社会脱节，不仅仅是身体上的，更是心灵上的不能融入。出来混，总是要还的。

记得小时候，妈妈说过一句话，三十年河东、三十年河西。我当时问妈妈，河东河西有什么区别呀？妈妈回答说，这是比喻，告诉我们风水轮流转。你现在过得好不代表将来也能过得好，现在过得不好也不代表将来也过得不好。任何时候要不断地努力，才有过更好生活的希望，做更好的自己。还有一种说法就是，人一辈子受苦和快乐是有定数的。我们是选择先吃苦后快乐，还是选择先快乐后吃苦，由我们自己决定。年轻的时候吃点苦，受点累，还是扛得住。如果到了老年，心理和身体素质大不如前，大限将至，那个时候再为生活苟延残喘，只能用凄凉来形容晚景了。晚年的愁苦，多半是因为年轻时候的不作为导致的吧。

趁年轻多积累，为晚年过有尊严的生活积极准备。

上帝会开一扇窗

因为工作调动的原因，送乖宝上学成为一个问题。原本工作地点在乖宝学校旁边，现在跨区了，时间比较紧。坐公交费时且挤得密不透风，大人勉强可以忍受，孩子个子矮，挤在公交车里，护住她更加困难，而且还要开始一天的学习工作，想想都难受。坐的士吧，一来不能保证一定可以拦到，二来天天坐费用比较高。综合评定了一下，最终确定坐顺风车比较合适。一是顺路，二是舒适，三是车主不是以赚钱为主要目的，整体素质相对会高一些。

下 App，了解如何应用。互联网时代，想做一件事情，可以找到很多种解决方案。以前看到父母碰到事情，愁云满面，像热锅上的蚂蚁。想想现在生活真是便利，晚上下单，约第二天早上出发。没过多久，一位热情的小伙子接单了，一询问，他家正好住在我们小区旁边，工作地点在乖宝学校旁边，无巧不成书，太合适了。第一次坐顺风车如此顺利，坐上车后，了解到，这位小伙子也是第一次做车主，这么巧！

当天晚上，约第二天的顺风车时，出现了一点波折。开始，一个吉利熊猫的车主接了我的单，沟通好后，到了晚上九点突然以路线改变为由，取消了我的订单。只能重新发布信息，接下来，就是漫长的等待了。等到晚上快十二点，心中一万只草泥马在奔腾，想着各种解决方案。突然，屏幕上跳出一个信息，"姐，还是我"。原来是头一天，我第一次坐顺风车带我们的小伙子。天无绝人之路呀。我打出了五个字和两个哭脸，"终于等到你！"颤颤巍巍度过了第二天。约第三天顺风车正赶上世界杯预选赛，中国对战韩国。我这个伪球迷发布好信息后，津津有味地看球赛。为余同学进球振臂欢呼，看到错失机会也扼腕叹息。所幸最后中国队不辱使命，一比零战胜韩国队。九十四分钟的比赛都打完了，一看顺风车还没有车主接单。时间一分钟、一分钟、一小时、一小时地过去，一天快终了，仍然没有车主接单，我取消订单，带着忧愁上床睡觉了。一清早起来，抱着试试的态度，再次发布了消息，也没有做多大指望。非常意外的，一只"大抱熊"接了我的单，悬着的心顿时放下来了。上车后聊天得知，车主是一位老师，他说昨晚就看到了我发布的信息，因为时间不匹配，没有接。今天早上，又看到了我发布的信息，怕是我们的确有困难，接了我们的单。还是好人多呀！

　　接触了一项新技术，尝试了新环境，认识了新人。这三天的经历可谓跌宕起伏，当你认为无路可走时，也许会绝处逢生。我们要做的，就是勇敢地去尝试，没有失败，只有放弃。当没有门的时候，上帝会给你开扇窗。

食物的变迁

最近和朋友聊到喜欢吃什么，不吃什么。以前不吃的东西，现在开始吃了，还变成爱吃的了。突然发现，变化是永远不变的主题！

鸡蛋，是早餐桌上必备的食物，教育乖宝的理由是，鸡蛋是一个生命，有完整的营养成分，对身体特别好。在我的说教下，乖宝欣然接受，日复一日吃着她感觉味道并不是很好的鸡蛋。虽然每天变着花样做——白水蛋、茶叶蛋、煎蛋、炒蛋、鸡蛋灌饼……终于有一天，乖宝小心翼翼地说，今天能不能不吃鸡蛋。"嗖"的一声，时光倒流。那时候，母亲喜欢养鸡，每年春天会抱一窝小鸡，几十只。毛茸茸的，像小毛球在地上滚，特别可爱。小鸡生长速度惊人，夏天就长成"小帅哥""小美女"，秋天就可以下蛋了。那时候，我们这样的普通人家，没有什么营养品之说，正长身体，母亲让我一天喝一个鸡蛋。为什么用"喝"，不用"吃"呢？因为，真的是在"喝"鸡蛋。记得有一年夏天发鸡瘟，眼看着要长成的幼鸡一批一批地死去，那年我们鸡肉没少吃，现在想想，那个年代，能天天吃鸡是多么幸福的事呀！我们是高兴了，估计母亲心里在滴血，大半年的辛苦付诸东流了。不过，这群鸡中，有一只瘦弱的小母鸡，幸存了下来，居然长到了开始下蛋。因为只剩一只鸡，母亲也就不单独喂它。它也争气，每天早上出门，自己去找吃食，按时回来下蛋，一天一个，一天不少，晚上自己回鸡舍睡觉。第二天一早又出门，像上班一样。每次它下完蛋走了，我就摸出来，直接喝掉，有点腥味，还是热乎的，妈妈说营养好，我每天硬着头皮喝。多少年过去了，我仍然记得它，那只特立独行的小黑母鸡。它能幸存下来，可能也是有原因的吧！最近，乖宝科学课学到鸡蛋的营养问题，小黑母鸡又一次浮现在我的眼前，当年没少喝它下的蛋。母亲说刚下的鸡蛋，直接喝最有营养。乖宝在科学课上学来的知识给了这个说法重重的一击：煮熟的白水鸡蛋是最有营养的。看来，我被"骗"着喝了多年的带腥味的生鸡蛋呀！后来，很长一段时间，我不喜欢吃鸡蛋。现在为人父母，教育孩子要吃鸡蛋，鸡蛋又成了餐桌上的日常。

再说说绿豆吧。绿豆汤香甜可口，消暑降温，是夏天必备神器。虽然我现在很喜欢喝绿豆汤，但在我的记忆中，曾经很多年是不碰绿豆的。小时候，物资比较贫乏，夏天没有空调，全靠物理降温。当放学回来，大汗淋漓的我捧上一碗妈妈放凉的绿豆汤一饮而尽的时候，清凉的清流会贯穿全身，好不舒爽。所以，夏天家里会储存绿豆。可能是绿豆时间放长了，我亲眼看见一只只黑色的甲壳虫从一颗颗绿豆中爬出来，黑压压的一片。关键是，勤俭节约的母亲怕浪费，长虫的绿豆洗洗还要煮绿豆汤给我们喝。我亲眼目睹，怎么喝得下去！至此，心里留下了阴影，很多年不喝绿豆汤。后来，也不知道是什么原因，又开始喝绿豆汤。可能是某次被逼尝尝感觉不错，抑或是长大了，成熟了，淡然了。

但有一样食物，我到现在仍然不吃，就是猪肝。也不知道是为什么，闻到味道都难受，更别提吃了。由于很多人爱吃，猪肝基本上是必点菜，很多朋友说我不吃猪肝的原因是因为没有吃到美味的猪肝，推荐我吃各种猪肝菜品。当我勉为其难尝一点后，都是以失败告终，最后朋友们也就不坚持，随我去了。

变化占主流，不变的也存在，构成了我们精彩绝伦的人生。遵从自己的本心，一切皆有可能！

上色

《飞屋环游记》数字油画，从拥有它，到陪伴我十天，上了二十色，完成三分之二。本想等全部完成了再写这篇文章，但随着色彩慢慢地跃上画面，按捺不住想表达的心情，想和大家分享一路走来的上色感悟。

第一，心细；

第二，一遍往往不够；

第三，顺着同一个方向找，减少漏填；

第四，一种颜色填完再填下一种颜色效率高；

第五，填多了有手感能找到规律，更快更好；

第六，填出格了或者错了，不要后悔，用后面的色盖住前面填错的色，看不出来；

第七，太小的色块直接用旁边差不多的大色块覆盖；

第八，每种颜色都会填漏，不要纠结浪费时间，最后一起补；

第九，相同色系的颜色一般在附近，数字密密麻麻，找色块也很费眼力，先看看同色系颜色；

第十，开始感觉遥遥无期，越到后面颜色丰富起来越有信心，想成功的欲望更强；

第十一，很花时间，需要坚持。

整幅油画需要上三十种颜色，每种颜色需要上三十到五十不等的色块，算下来一千多色块，密密麻麻地分布，乍一看，脑袋里一袋毛线。很多人一开始就被吓住了，没有动手的欲望。大的色块相对好涂一些，碰到小的色块，如丝线、芝麻，跟捉蚂蚁差不多，趴在画上，手一抖还"捉"不住。所以需要超强的细心和耐心，即便是很仔细地上色，还是很可能涂出格，这个时候懊恼一点用都没有，不用担心，涂旁边颜色的时候，把出格的部分盖住，颜色是可以覆盖的。宝宝试了，完全没有问题。换色是需要洗刷子的，把前一种颜色的颜料全部洗干净，换新的颜色，所以建议一种颜色涂完后，再换下一种颜色，减少洗刷子的频率，提高效率。不过，不管你眼力多么好，一定会漏填的。往往当你涂新的颜色时，会发现很多填过颜色的数字，这个时候，你只需要默默走过，当作路人甲，最后再一起填补。往往一种颜色涂下来，需要一到两个小时，自己亲身经历，才知道个中滋味。很多事情也是一样，看到的永远是别人的表面，只有去尝试了，才会有自己对于事物的看法和体会。多站在别人的角度看问题，多为别人着想，多一点理解和包容，自己也会更快乐一些。

涂得多了，慢慢找到了上色的手感，开始发现一些规律。涂一遍是不够的，干了后会暴露出底面，还要涂第二层甚至第三层，而且不要太平整，保持它的纹路，更立体，更有层次感一些。长时间盯着油画，眼睛看花了，漏填是非常常见的，顺着同一个方向逐个找，相同色系的色块多看几眼，同色全部填完后，再整体找一遍，即便是这么仔细，漏填还是不可避免的，不用太纠结，后面一起补。这就是传说中的熟能生巧。

从上第一种色感觉遥遥无期，到越到后面颜色丰富起来越有信心，想成功的欲望更强，仅仅用了十天的时间。当你决定做一件事情的时候，已经成功了一半。解决困难最好的办法就是先行动起来。

这幅油画的制作，是非常小的一个事件，小到随时会被岁月冲刷殆尽，但这个过程带来的感悟，将长久地伴随着我，不断丰富我的人生。方向正确，开始行走，一步一步，总会走到目的地，送给在路上的朋友！

甜蜜的负担

"滴……刷卡已成功。"纯白连衣裙，烫好的小卷整齐地披在肩上，白皙的皮肤，虽然看上去 40 多岁，但是举手投足间，十分优雅，让人看着很舒服。正在诧异她一个人上车，怎么刷了两张卡，而且还是一张收费、一张免费的卡。在她身后，接着上来一个左摇右摆的一米八左右的男青年。为什么用左摇右摆来形容他呢？因为看看他的脸，你就明白了，他是个弱智。

"来，宝宝，到这里来坐。"中年女性招招手、轻声地呼唤着这个明显 20 岁左右的"宝宝"。"来，把这个面包吃了。这个扶手很脏，不要用手摸，有细菌，会生病的，宝宝乖。"他俩正好坐在我的后面，说的话我都听见了。仿佛是一位慈祥的妈妈对两三岁的幼儿耐心地嘱咐。很快，我到站了，趁着下车，忍不住偷偷打量了"宝宝"一眼。"宝宝"脸上是挂着微笑的。

莫名的一阵酸楚。虽然我和他们只有一面之缘，而且仅仅我注意到了他们，他们甚至可能根本不知道有一个我注意过。可以说，我们之间根本没有交集。现在没有，以后也不可能有。我怎么就莫名其妙的被触动了呢？心情久久不能平静。

对于他们的母子情，我是可以理解的。做了母亲后，我深深体会到，父母对子女的爱，是最无私和毫无保留的。任何事情都是以孩子为先，替孩子着想。虽然很多哲人、教育专家都提出，事事为孩子容易溺爱，也会丢失自我，但做起来，这个度真心非常难把握。大家都是新手妈妈，没有成功案例可以参考，只能摸着石头过河。

比起公交车上遇到的那对母子，我们幸运得多。至少我们的孩子是健康的、聪明的。很难想象，如果家里有一个弱智孩子，对于父母是怎样的一种打击和折磨。每天要面对着这样一个亲骨肉，而他不能像正常孩子那样长大，生活中布满阴霾。更可怕的是，当父母终有一天老去的时候，这个没有生存能力的孩子将何去何从。

我从心底里佩服那位母亲：自己从容不迫、波澜不惊；孩子穿戴整整齐齐、干干净净。没有焦躁、没有埋怨、没有手忙脚乱，有的是温柔的态度和耐心的引导。在她的心里，不管孩子是怎样，都是她最亲最爱的"宝宝"，是她甜蜜的负担，是她需要用一辈子去呵护的那个人。不去想明天会怎样，过好当下的每一天。

舌尖上流淌的温情

换了新的单位，周围没有什么出名的餐厅，无意中，在巷子口，偏僻的转角处，发现了一家不足十平方米的米粉店。

对于吃，我向来没有很高的要求，但对于吃的环境，我希望是干净整洁，最好有点小情调。本来，这样的小店，我一般是不太愿意进去的，这次抱着尝试的态度，走进了狭小的空间。不承想，一试，舌尖上流淌的温情深深地温暖了我，再也难忘！

2016年不是很顺利，工作了十多年，一直处在奔波劳碌的状态中。工作从来就是忙、忙、再忙。孩子开始上小学，陪伴和教育都迫在眉睫。因为从事的是培训行业，周末比平时更忙。乖宝多次表示，希望我周末能陪她。最近一次乖宝又提出这个要求，彻底击垮了我的苦苦支撑。痛定思痛，决定做出改变。放弃高职位，把家人放在首位，在照顾家人的前提下，找一份时间充足、压力不大的工作。好工作的最高级别是事少、钱多、离家近。然哪有那么好的事情，凡事有舍有得，想事少、离家近，必然放弃高收入。在这样的指导思想下，我找到了现在这家公司。领导见我的第一面，就认定我是个人才。鉴于领导的认可，给予了我诸多的方便，当然，伴随的是收入的大幅度降低。自己的选择，我认。

新工作、新环境、新开始，一切要从头再来。三十多岁的人了，少了二十多岁的冲劲，多了一份沉稳和踏实。同事间的感情没有那么快建立起来，工作内容和任务，也需要一段时间去学习，新环境也要开始适应。单单每天必须吃的饭，也成为一个问题。

米粉店的出现，在这个冬天，给我带来了一丝暖意。当热气腾腾的鱼头粉捧在手心的那一刻，我的心温暖了起来。乳白色的浓汤，香味随着蒸气钻进鼻腔；醋酸萝卜条，嚼在嘴里嘎嘣嘎嘣脆；五颜六色的杂粮粉条，既有嚼劲又营养健康；炸好的鱼头，提前腌制，味道刚刚好；花生米碎末加进汤中，绝对是这个店的特色。一碗再普通不过的粉，深深地抓住了我的心，浑身燃起了斗志。至此，每天中午那一顿，开始有了期盼。正如《小王子》中，狐狸说的，"我们定在四点钟见面，从三点钟起，我就开始感到幸福。"这就是一种仪式感。

乖宝放寒假了。家里没人照顾，需要带着她一起去上班。中午，带她去吃米粉。这一次，美食又深深地抓住了乖宝。看着她呼呼啦啦地吃，满足的笑靥一直挂在脸庞。我们有说有笑，阳光照在她的脑后，深深感受到这个世界对我温柔以待，为了她，我做什么牺牲都是值得的。

都说，美食可以让一个人爱上另一个人。我想，这份爱意不在食物本身，而是她的那份心意，承载的那份感情、那份挥之不去的记忆、那份伴随我们一路成长的经历。相信乖宝会记下这种味道、记下妈妈的味道、记下和妈妈一起的快乐时光。

蜗牛

你一步一步地慢慢往上爬。

爸爸帮我选了两盆花，放在阳台上。闲暇时，最高兴的事情之一就是去阳台上看看花，感受生命的蓬勃与朝气。

一天，我突然发现，其中一株花的花秆上，趴着一只蜗牛。首先第一个感觉是非常神奇，在这个与外界隔绝的阳台上，小小的蜗牛是怎么来的，它吃什么，怎么生长的。带着这些疑问，我每天早晨必做的一件事就是去观察蜗牛。一连几天，它就那样静静地趴着，一动不动，也没有挪一下位置，我以为它已经死了，便不再管它。又过了几天，在我又一次赏花的时候，无意中瞥了一眼那花秆，咦，蜗牛不见了！我的好奇心又被提起来了，它是自己走的，还是被鸟儿叼走了呢？为了弄清楚缘由，我先从花盆开始入手，认真地搜索着每一寸地方。终于，功夫不负有心人，在一处非常隐蔽茂密的花叶中，我找到了这只跟我捉迷藏的蜗牛。如果它跟我对视，肯定诧异我睁得如此大的带着笑意的眼睛盯着它看。

蜗牛给人的印象是小小的、慢慢的、弱不禁风地背着个重重的壳艰难地挪动着，稍有风吹草动，立马缩回壳中，久久不肯出来。这让我想起了一个小童话故事，故事中的蜗牛宝宝问妈妈，为什么自己不能像雄鹰一样翱翔，像猛虎一样奔跑，像海豚一样畅游，永远跟不上他们的步伐，他们都说自己一无是处。蜗牛妈妈宽慰孩子说，是的，你没有他们那样的本事，可你有家呀！真的佩服童话故事的作者，通俗易懂同时满含着温暖，让孩子们从有趣的故事中明白各有所长的道理。

知道了它还活着，下一个疑问就是，它是靠什么活下来的，也没有看见它吃什么呀！再仔细观察，发现一朵花苞的茎部被什么东西刨去了一半，汁液裸露在外面，这朵花遭到了如此重创，估计很难开放了。一个念头闪现，难道是蜗牛？这个花盆中，除了蜗牛，也没有发现其他虫类。打开百度一查，才知道，蜗牛是素食动物，主要的食物来源是植物的嫩芽、水果、薯片等。这样一来就可以说得通了，这里没有水果也没有薯片，只有嫩芽，看来八成是它的作为。顺便查了一下蜗牛的其他方面，它的天敌有鸟、蛇、其他肉食动物、各种昆虫等。蜗牛的种类非常多，有 4 万多种，有些种类还可以食用。

这样一个物种，食物来源单一，天敌颇多，个人技能差，是怎么存活下来的？它不像老虎狮子那么罕见，在马路上、草丛中、花盆里，随处可见蜗牛的身影。在历史的长河中，无数的动物无法适应身边的环境变化，逐渐地消亡了。像大熊猫、金丝猴、华南虎、白鳍豚、扬子鳄、藏羚羊、黑犀牛、褐鲣鸟、雪豹、僧海豹这些濒临灭绝的动物，还要靠人工饲养、保护，才勉强存活。小小的蜗牛，又是有怎样强大的生命力，不断地繁衍和壮大它的族群，屹立不倒。可能这条路，是靠它一步一步走出来的吧！

什锦大盘菜

当我把什锦大盘菜端到餐桌上，乖宝尝了一口，夸张地惊呼道："这是我吃过的最好吃的菜了！"孩子的满足来得太简单，真是羡慕。

所谓的什锦大盘菜，是我自己临时取的名字。原料是土豆、胡萝卜、芹菜、金针菇、牛肉干、葡萄干，用油盐酱醋炒出来。说白了，家里有什么菜，我就胡乱都加进去。土豆、胡萝卜、牛肉干切成小指头大小的正方体，芹菜切成条，金针菇一根一根，葡萄干直接倒进去。红、黄、绿、白、黑，还别说，五颜六色的，挺喜庆，用洁白的景德镇大瓷盘盛着，故名——什锦大盘菜。可能是这些菜原本味道就好，混在一起，既美观，还别有一番风味，算是歪打正着了。

我讲这么多，并不是想教大家怎么做菜，说到做菜，我根本没有发言权。我想说的是，什锦大盘菜最多算过得去，绝不能称为最好吃的菜。所以，当乖宝发出惊呼的时候，我也有感而发。

"以后你会吃到很多比今天的菜好吃的各有特色的菜；会碰

到很多的人，有好人，有坏人；会遇到很多的事，有可以解决的，也有无法解决的；会去很多的地方，国外，甚至是外星球。这一路上，妈妈会陪你一段，当你一天天长大，后面更多的路，要靠你一个人走。"乖宝默默地听我说完，平静地说："你可以陪我五十年，后面的五十年，只能我自己生活，因为五十年后，你要去世。"我说："对！"非常欣慰，乖宝听懂了。没有忌讳，没有猜疑，简单平静地接受，这就是我想要的。

很多家长在和孩子聊天的时候有诸多禁忌。生死不能说，异性不能谈，黑暗面不能讨论，诸如此类，等等，期望孩子根正苗红，按照你的愿望生长。殊不知，现在孩子接受信息的渠道远比我们想象的多得多，与其让她在外面接受错误的信息，不如从我这里就把正确的信息用正确的方式传递给她，让她对未来有足够的认识并且心存美好！

一盘菜能引导到这么深刻的话题上，我也是佩服我自己。希望我能提供一个好的基础，让她的未来之路轻松一些。

鞋

偶然的机会，在广播中听到三毛的一篇文章 ——《赤足天使 —— 鞋子的故事（永远的夏娃）》。文章讲述的是三毛的好友意外中奖得了一笔奖金，一口气买下了二十八双新鞋子，引发了三毛对自己穿过的鞋子的回忆。通过鞋子的变迁，贯穿了三毛的一生。尝试各种鞋子后，三毛最爱的，还是舒适的球鞋和无拘无束的凉鞋。和我一样。

小时候的很多事情都淡忘了，但在我脑海中，挥之不去的一个镜头，就是妈妈和我一起挑凉鞋。一年四季，肯定不可能总是穿凉鞋，为什么我只记住了凉鞋呢？而且，在记忆中，每个夏天不止穿废一双凉鞋。别人的鞋都是穿旧了，过时了，不穿了，我的鞋是带子断了，底子掉了，千疮百孔，无法穿了。小时候的我活泼好动，走路连蹦带跳，即便是平常的步行，也比同龄人快很多，可能，鞋子就是在我这样高强度的主人脚下，阵亡的吧！

工作中的我，也是行色匆匆。同事不止一次地说我走路快，跟不上我。我家住金银湖，在武昌上班，每天上下班需要走

路 —— 转公汽 —— 转地铁 —— 再转公汽 —— 再走路，才能到。一趟下来，不堵车也需要两个小时，一天来回在路上就花4个小时。有时候加班到凌晨一两点，工作压力大，那时的我，疲惫不堪。一天下班，在我匆匆往家里赶的路上，凉鞋带子断了，那么粗的带子呀！质量那么好的鞋子，被我活生生走断了。突然，一股悲凉升上心头。我自问不是怕吃苦的人，读高中时，每天5点起，12点睡，我撑过来了，顺利考上大学；读大学时，我是生活部长，每天5点起，早上去操场点全系的名，我没有迟到过一次；工作中，我吃苦在前，享受在后，得到领导、同事的一致好评。难道，凉鞋的罢工是某种暗示吗？

从我的外表，别人可能无法想象，我曾经是个运动健将。读中学时，校运会的800米、1500米的冠军囊括者。当时还代表学校，参加区运动会，获得了1500米长跑冠军。所以，球鞋，是我的日常装备。

球鞋的最大优点就是舒适，也就是这一个优点，就可以让它打遍天下无敌手。球鞋可以最大限度地保护脚，可以穿出运动，穿出简约，也可以穿出时尚。可以让你恣意奔跑，放飞心情。

球鞋和凉鞋，有一个共同点 —— 自由。可能，这就是我所向往的吧！心灵自由、身体自由、财务自由。不忘初心，做自己想做的人，做自己想做的事，过自己想过的生活！

我最棒，所以我最辛苦，最容易受伤

大家看到这个题目，估计会吓一跳，原来大女人也有一颗玻璃心呀！非也，非也，这个"我"的主角不是我，是我的一部分，我的大拇指。

入冬以来，我的大拇指反复裂口。纳闷了，手是一起用，所有手指一起合作，怎么偏偏总是大拇指裂口，其他指头没事。今天，我认认真真思考这个问题，发现，大拇指使用率最高。包括我现在打字，由于大拇指受伤包扎起来了，临时以中指代替，不然，打字又好又快又方便。

从大拇指裂口事件细细想来，让我吃了一惊。万事万物有其内在的联系。大拇指做事最多，最棒，所以也最容易受伤。职场中也有大拇指这类的人物，事情做得最多，承担的责任最多，也因为涉及到的事情多，出错的机会也更多，受的委屈也就跟着多。如果心理不强大，分分钟被唾沫淹死。每一个走到对岸的人，都淌过了一段深水，甚至可能灭顶，需要憋气，需要忍耐，需要坚持。大拇指之所以成为大拇指，是有道理的。

下一个问题来了，我们需不需要去做大拇指呢？我们能否成为大拇指呢？怎样才能成为大拇指呢？

千人有千个回答，见仁见智。求上，得其中；求中，得其下；求下，就不说了。想过什么样的生活，就会有对应的行动。前段时间还和朋友谈到，既然最后都是寿终正寝，为什么还要折腾呢？我说，如果30岁过着80岁每天一样的生活，那未来50年，过一天和一辈子有什么区别呢？混日子，等日子，最后日子就把你虚度了。殊不知，时间对于每个人来说，是最珍贵的，是不可复制，不可再生，不能回头的。过了就过了，不会再有了。

中国上下五千年，经历了太多的变迁。还有很大一部分人为了能活下去，拼尽了全力。然而，人的潜力是很大的，这些都不能成为停滞不前的理由。苦难可以微笑着面对，困难可以想办法去解决。积极向上，不断努力，日子会越过越好。

大拇指不是人人想当就当得了的。既要有台上镁光灯下的明星，也需要台下更多的观众。想从观众变成明星，没有超凡的能力和际遇，是很难转变的。毕竟熠熠生辉的明星只有少数的那几个人，你想挤上这极其有限的舞台，需要的勇气、才气、运气、意志力、心态等，都是常人无法企及的。那是不是因为困难重重就放弃了呢？当然不是。学者们早就提出了10000小时理论。只要在某个领域持续不断研究10000小时，你就可以成为这个行业的佼佼者。我的理解是，先具备良好的素质，德才兼备，德是走在才前面的。然后找准正方向，持续不断地努力。现代社会节奏如此快，日新月异，也许10000小时理论会被5000小时理论代替，甚至是1000小时。

对于未来，我们要开动脑筋，无限畅想。当然，这畅想的前提是行动，行动出真知！

心灵美

不是涂了艳丽的口红才美，不是穿了摩登的时装才美，不是登了"恨天高"才美，美是由内而外的展示。美是对自己负责，对他人负责。

周末带乖宝出去玩，她很喜欢玩那种滑梯、海洋球、电影、各种游戏集合在一起的游乐场。买张门票进去，孩子可以在里面玩上半天，家长也可以图个清闲。心大的家长干脆把孩子往里面一丢，自己跑去逛街，各玩各的。心小的家长就跟着自己的宝贝，寸步不离。我属于心中等的家长，让乖宝进去玩，我在门口候着，时不时看看她玩的状况，看到她满头大汗，提醒她过来喝水，顺便嘱咐她在里面要注意保护自己，不要做太危险的动作。

周末人就是多，里面的孩子熙熙攘攘，外面的家长找不到地方落座，好不容易，等了个空位子坐下，拿出手机看资讯。身边的家长走马灯似地换，"能不能麻烦让一下。""你怎么又要上厕所呀，这里又不方便。""哎哟，你踩到我了。"……总体感觉一个字"杂"。又有一位家长换到了我的身边，她之所以引起我的注意是因为她的长相。衣着打扮和正常人无异，一看脸，一愣，立马反应过来，可能是个残疾人。五官不对称，估计是因为生过什么病导致的。再看她的动作，更可以确定她就是残疾人，和我刚刚看的《动物世界》里的树懒这种动物的动作比较相似——慢。顺着她慈爱的目光，我看到了一个约莫四五岁的小男孩，长得十分标致，动作很协调地在里面上蹿下跳。上帝还是很仁慈的，赐予了她一个健康的孩子。"过……来……喝……水……"看她缓缓地抬起手臂，艰难地吐出几个字，召唤她的宝贝。孩子快速地跑过来。她用手臂抱着水壶，用手掌艰难地拧着瓶盖。因为她的手掌也有一定的扭曲，所以看得出非常的费力。我在她的旁边，心里十分着急，很想去帮助她，但又怕伤了她的自尊。正在我激烈斗争时，还好，她拧开了瓶盖。孩子边喝水，她边帮孩子擦汗。除了动作慢一点，其他的和一个正常的母亲没有什么两样。

不知道为什么，这一天，我被这位特别的母亲深深地感动着。整个过程中，她并不漂亮的脸上一直挂着温暖的微笑，静静地、慢慢地、耐心地做着很小的、很基本的为孩子服务的动作。我们的轻而易举，在她那里估计是使出了浑身的气力。我十分庆幸没有去帮助她，她靠自己的力量完成了。也许，在她的眼里，她只需要身边的人对她平等对待就可以了，她可以做到。

虽然只是萍水相逢，没有半句交流，她估计没有注意到身边有个我在关注她，但我能感觉到她是个心灵美的人。在这样的身体条件下，带着幼童出来玩，照顾他，没有抱怨，没有妥协，没有寻求帮助，给予别人的是温暖、和谐。这时的她已经看不见残疾，看到的是一个健全的灵魂和一颗温暖世界的心。

一个人的时光

在书店偶遇十几年没有见面的老同学。第一句问候语是："你是一个人吗？"对于一个有家室，有孩子的四十多岁的女人，一个人在书店静静地坐着看书，被看作有点不合时宜。

L 同学伦敦看鸽子，被大家传颂为尊重自己的内心，有性格。因为他是名人，做出大众不做的事情，也是合情合理，不会被非议，反而美化。虽然做不到 L 同学那么洒脱，但我也赞成在某些时候，非常需要一个人的时光。L 同学的行为没有任何的不对。他有这个实力，他有这个时间，他没有妨碍任何人。做自己想做的事情，遵从自己的内心，挺好！

我的朋友中，有一位特别崇拜 X 同学。关于她的种种信息，都和 X 同学有关。社交头像是 X 同学，朋友圈发的 X 同学的动态。可以为了去 X 同学现场会，一个人连夜飞过去，支持完偶像马上又飞回来加班。很多人不理解她的折腾，但我可以理解，不觉得有什么不对，为自己热爱的事情去努力，一个人静静享受这份快乐时光。讲真，她的坚持，还真的和偶像近距离接触，和 X 同学亲密合影。

我的学生时代，是偶像辈出的时代。大学班上有位女同学，特别迷恋 Z 同学。她有语言天赋，虽然高数常常不及格，但英语成绩一直名列前茅，口语也很棒。那时候我们学分里是有选修课的，她的选修课选的是日语。在我们通常不太重视选修课的年代，她的日语却学得热火朝天，风生水起。对于学了上十年英语还说不利索的我，出于好奇，我问她为什么口语能学得这么好，她给了一个我无论如何也无法想到的答案："去日本见 Z 同学，和他说话。"毕业多年，我们失去了联系，相信她已经完成了心愿。

　　每个人都有自己认为重要的事情，哪怕这些事情在别人眼里不值一提，甚至可笑。然而，那又有什么关系呢？自己一个人享受这份独处的美好时光就好。

一件小事

　　"一件小事"这个题目，是小时候作文中出镜率最高的，它的范围很广，什么事情都可以说成是"一件小事"，但如何能描述完整，写出新意，升华出格调，引起共鸣，也不是件容易的事情。小事不小，以小见大。今天，我就想来说一说一件小事。

　　我是一名书友，本月书友会推荐的是龙应台的《野火》。初识龙应台是通过她的"人生课"三部曲中经典的《目送》。对父母子女的亲情和人生中一些问题的深入思考跃然纸上，看到了一个喜欢写作，喜欢走路，喜欢和风景交相辉映，喜欢细致入微感悟生活，这样一个静默、淡然、不沾染一丝风尘的谦谦女子。准备拜读《野火》的时候，也以为是相近风格的作品，但当读到她的文字时，一篇篇针砭时弊的文字，让两个字在我的脑海里逐渐清晰起来：鲁迅，这个我开始接触文字，儿时最崇拜的文学巨匠。文字犀利如投枪、似匕首，思想独特深入，影响一代又一代的人。

　　随着年龄的增长，我逐渐对一些事情失去了兴趣，看到排长队不再想去看看，听到争吵也不想去围观，匆匆的脚步向着自己的目的地，不想做丝毫的停留，时间仿佛永远不够用，多一事不如少一事，对周边发生的事情逐渐麻木。很多小事，我不愿意去争辩，得过且过。然而，这件小事，在我看了《野火》后，结果得以改变。

本来，看电影对于我们年轻人来说是再正常不过的事情，正好老公过生日，当时在电影院办理会员卡的时候，销售人员说生日当天是可以免费看的，当时也没有往心里去，也没有说特地为了这个免费去看电影。这天老公突然好兴致，说去看场电影。我们到了电影院，老公拿着会员卡去买票，送一张票、买一张票，挺简单的一件小事，老公来回折腾了半小时，错过了电影的时间，最后被告知送不了票。老公气鼓鼓地说，不想看了。我就觉得纳闷，到售票处说明情况，结果被告知，售票员是新来的，不知道这个规则，等经理来了再说，想打发我走，然后就不再理我了。要在平时，我可能就懒得跟他计较，掏几十块钱把票买了算了。可能是看了《野火》的缘故，里面提倡的是要争取自己的正当权益。几十块钱不算什么，但偌大一个电影院，怎么能这样出尔反尔呢？店大欺客吗？你不知道就可以当不存在吗？你有没有想去落实呢？这些是不是你的工作职责呢？没有掌握工作内容就上岗，是否是对消费者不负责任呢？那么大的宣传展架上写着"会员生日免费观影"，也可以以不知道为由拒绝，脸皮要厚到什么程度才能做到呀！心中真是五味杂陈。

"我来电影院是看电影的，不是来等待的，把你们经理的电话给我，你解决不了，我和她沟通。"售票员看出了我不是什么软柿子，立刻进去找经理，我把情况跟经理说明了，马上送了一张电影票给我们。挺简单的一件事，为了一点小小的利益，搞得这么复杂，好好的心情也变坏了。所幸的是，最后的结果是争取了自己的正当权益，也让别的消费者以后能正确行使自己的权利。

就是这样的一件小事。读书，增长知识，吸取力量，让事情的结果变得不同，让生活更美好！

智齿

之前听到谬论，说如果人 30 岁前不长智齿，以后也不会长了。常常听到身边朋友说起被智齿折磨得食不知味、夜不能寐。正当我窃喜时，一次体检，医生非常淡定地告诉我，我左右都有智齿，至此，终于知道，我是"舔不知齿"。

在智齿牙龈反复发炎后，上周达到了顶峰，完全无法咬合，喝了三天豆浆，晚上无法入眠，痛定思痛，决定去拔牙。

今天是休息日，一大清早，去医院排队看牙齿，经过详细询问，医生明确告知，鄙人的智齿生长的位置不正，会反复发炎，只能拔除，并且左 2 右 1，共有三颗，一颗正在发炎，不能拔除，建议今天只拔一颗。当我楚楚可怜地望着医生时，医生再次无辜地表示，只能拔牙。"我能留下它吗？"小心翼翼地咨询医生，医生大方地答应了："本来就是你的牙齿，当然是可以的呀！"

开单、缴费、拿药、麻醉、剥离、拔除，在"咯咯咯"的工具操作声中，这颗陪伴了我十几、二十几年的智齿，终于被带到了我的眼前，我认真地端详着它，想知道我与它无冤无仇，为何如此反复折磨我。胖胖的脑袋，上面部分像是腐朽，变成了白色，下端两只尖尖脚连在了一起，整个智齿呈现出不健康的颜色，上面血肉模糊，触目惊心！虽然对它有埋怨，但我还是小心翼翼地把它包在了手心，到洗手间仔细清洗，谁让它是我身上掉下来的骨呢？

虽然麻醉过后有些疼痛，但是这个疼痛是可以忍受的，特别是想到以后不再会为这颗智齿的发炎而痛苦不堪时，整个人轻松了很多，感谢自己做出了这个决定，感谢自己勇敢地走出了这一步。

这次拔牙的经历，让我感悟颇多，出来混，总是要还的。本来以为没有长智齿，逃过一劫。然而，不管是你想要的，还是不想要的，是你的终究是你的，不要存在侥幸心理。凡事坦然面对，其实也没有想象中那么可怕。

尊老爱幼

从坐了40分钟的公交车上下来，离乖宝的学校还有最后800米。共享单车真的是便捷了我们的生活。扫一辆摩拜，车篮子里驮着我们家十多斤重的二老爷——书包；车座位上背着我们家六七十斤的大老爷——乖宝。推着摩拜走在上学的路上的我，引来了很多的注目礼。渐渐的，一辆、两辆、三辆……首开先河的我被不断地模仿。送学路上奇特的共享单车车队成为一道靓丽的风景。

乖宝洋洋得意地指着模仿者，提醒我看，又一个学我们的。一天，我突发奇想，问乖宝："妈妈是不是太宠爱你了？"乖宝撒娇地说："妈妈这是爱幼的美德。"我条件反射地问道："妈妈现在爱幼了，你以后会尊老吗？""现在你驮着我，以后换我驮着你。"乖宝突然回答道，"不过以后可能不是摩拜，是什么车呢？让我想想。"我开玩笑地说："房车怎么样？你开车，拉着我，我们一起环游世界！"房子让身体和心灵得以安放，车子使距离不再成为障碍。房车真是一项伟大的发明。这个可以有，我们哈哈大笑起来。头顶上的大雁一字排开，向南方飞去，棉花糖云朵自由飘荡。

尊老爱幼是中华民族的传统美德，这谁都知道。但凡有一点责任心的长辈，都会爱护小辈。长辈对小辈的爱护，是为了以后自己老了，长大的小辈再来孝顺、尊敬自己吗？有这个成分，但一定不是主要的。孩子是那么的天真可爱，父母爱护孩子是天性使然。自己有的，无条件地送给孩子；自己没有的，创造条件争取给孩子。既然父母这样地爱护孩子，按说孩子会知道感恩，而现实中长大的孩子跟父母对着干的比比皆是。爱护过度成了溺爱，反而害了孩子。我从来不相信有什么天生的坏孩子。每一个熊孩子的背后，是一群不负责任或者说没有正确爱护孩子方法的熊家长。

绝大多数职业学习都有渠道，然而父母这个重要的职业的学习渠道少之又少。大多数都是新手爸妈，摸着石头过河，然而，失败了却没有重来的机会。随着社会的发展和进步，大家慢慢重视父母对孩子教育的重要性。说得小点是为自己后半生能过得安稳舒坦一点。从大了讲，少年强则国强，关系着子孙后代的文明。然而，大多数人没有想法也没有条件去专门的机构学习正确的育儿方法。这样的机构也未成体系，存活困难。明明人人都知道重要，但又很难去发展，这就是矛盾。其实，从另一个方面去想，这也是机会。大家都想到了，但没有形成气候，说明空间还比较大，是值得我们思考的。

愿所有的孩子承欢膝下，愿所有的老人老有所依，快乐而精彩地走过人生路。

走过的路终将踏在脚下

友人的一个故事对我有点启发。一只受伤的猴子每看到一个人就将自己的伤口给别人看。看的人会对它的伤口表示同情，但是，每看一次，伤口就被扯开一次，有时候伤口快好了，但为了给别人看，又把伤口触动了。久而久之，伤口非但没有在别人的安慰和同情中愈合，反而越来越严重，最后这只猴子重伤而亡！

这就像我们所经历的困难。如果我们不断地去向别人倾诉，寻求安慰，而不去想解决的办法，那么无疑是伤口上撒盐。苦难最终会拖垮我们！

天将降大任于斯人也，必先苦其心志，劳其筋骨，饿其体肤，空乏其身，行拂乱其所为，所以动心忍性，增益其所不能。苦难并非洪水猛兽，上天将要下达重大责任给这样的人，一定先要使他内心矛盾煎熬，身体承受常人无法承受之苦，在他做事情时，使他所做的事颠倒错乱，用这样的办法来考验他的心意是否坚定，使他的性格坚韧起来，激发他过去没有开发出来的才能，这样的人才能承担大任！

酸甜苦辣咸，人生本就百感交集。只有吃得苦难的苦，才能品出幸福的甜。碰到问题，不要怨天尤人，要想办法去解决。这让我又想起另一个故事，一只年事已高的毛驴，老得无法干活了，主人觉得继续养着它浪费粮食，就找了一口枯井，准备把它活埋。主人把老毛驴丢到井底，一锹一锹地往井里填土。老毛驴不知道发生了什么事情，在井底悲天悯人地嚎叫，主人心意已决，继续往井里填土。过了一阵子，老毛驴停止了叫唤，主人觉得奇怪，伸头向井里一瞧，这一瞧不打紧，惊出一身冷汗！然来，老毛驴发现求饶不管用后，竟然自己想出了办法，当主人把土丢到它身上时，它顺势一抖，站到了土上，就这样，随着主人的填埋，它离井口越来越近，最后，纵身一跃，逃出了枯井，外面等待它的是海阔天空。这是一个很经典的屌丝逆袭的例子。

　　是坐以待毙，还是放手一搏，取决于你自己！

自律，从早睡开始

早睡早起身体好！估计是广大人民群众最相信的名言了。

由于每天早上要送乖宝去十公里外的学校上学，我早早地实现了早起的目标。前段时间，一篇《五点钟起床的世界你不懂》的文章，着实给很多人灌了鸡汤。关于这个提法，我有发言权。

早起是实现了，但要身体好，早睡是关键。早起晚睡，身体得不到休息，只会更差。问问现在的年轻人，你几点睡？十二点以后吧。十二点？才刚刚开始，一般两三点后，四五点也经常有，赶上我们起床时间了。

早上五点多起床，洗漱，做早饭，把乖宝穿起来，乖宝洗漱，一起吃早饭，这一套流程下来，差不多到七点。开车送乖宝去学校，然后我去单位上班，差不多九点。开始一天的工作，到下午五点半。下班后从武昌回到汉口的家差不多晚上七点半。开始做晚饭，一家人吃晚饭，接近八点。乖宝做作业，我洗碗做家务，检查乖宝作业，过了九点。给乖宝洗漱，送上床睡觉，到了十点。我开始收拾家里，洗衣服，做卫生，过了十一点。我自己洗漱准备睡觉，看看时间，今天已经结束了，已悄然过了十二点，到了明天。当然，明天又是今天的复制。

这种陀螺一般的生活，是很多妈妈的日常。明知道这样的强度对身体伤害很大，但感觉停不下来。有段时间，我的智齿反复发炎，吃一两个星期药，压下去一两个星期，又接着发炎。再吃药，再好一两个星期。如此反复，苦不堪言。一狠心，连拔两枚智齿。拔第二枚时很不顺利，这种小手术，找了专家来还手术了一个多小时，半边脸肿得看不见眼睛了。实在没有勇气拔最后的第三颗智齿。其实我心里也明白，反复发炎和智齿没有太直接的关系，它躺在我嘴里几十年也没怎么样，主要还是我自己的免疫系统的问题，抵抗力太差导致的。我这个人有一大优点，就是敢于面对自己的问题，并且积极寻找办法解决。既然是知道自己的抵抗力在下降，就得想办法提高抵抗力。最简单的办法，就是从早睡开始。人往往就是这样，敲响警钟才开始警醒。还有很多人警钟长鸣也不悔改，那就没办法了，套用时下很流行的一句话，谁也叫不醒装睡的人。

要实现早睡，首先要确定几点钟睡觉。我给自己制定了十一点睡觉的目标。那这少了的一两个小时，从什么地方挤呢？这里就需要用到时间管理了。刚性需求的不能少，不重要的可以往后挪挪。做饭任务交给老公了，利用这个时间做一部分必须做的家务。孩子的作业辅导和洗漱还是需要我亲力亲为。做卫生什么的就不用做得那么仔细了，留着周末时间宽裕点的时候再做大扫除。通过这一番调整，我成功实现了十一点前睡觉。

▶ 114

事情只要你愿意去做，总会想到办法。很多事情之所以没有做，让它不断地恶化，追溯其原因，还是因为你不想去做，没有下定决心。与其找借口，不如积极去行动。当攻克一个一个小难关的时候，也许，康庄大道就在不远处等着你。

终于知道皮为什么要厚了

周末的下午，豆大的雨滴砸在阳台外的晾衣架上，溅得人一脸。持续的暴雨如离弦的箭一般，越下越勇，没有停的意思。轰隆隆、轰隆隆，眼看着雨越下越大，出门无望。这样一个闲适的午后，一家人做点什么好呢？老公提议，包包子吧。我和乖宝举双手双脚赞成，一拍即合。

说干就干。我的任务是和面和包包子，老公的任务是准备包子馅和蒸包子，乖宝的任务是清洗用具和"万金油"。什么叫"万金油"？随叫随到，比如两大主力（她爸和她妈）需要喝个水、擦个汗、挠个痒什么的，乖宝就上场了。

和面是第一步，包子口感是否松软，能否包得好看，面皮是关键。我手上功夫责任重大呀！准备好面粉、酵母粉、凉开水。她爸突发奇想，说加点盐汽水进去，说是可以增加二氧化碳，包子里气体更多一些，可以更加松软。不愧是理科生呀！时时刻刻想着原理。两个理科生的家庭是这样的，凡事照教科书行事（擦汗）。

在我团面面的同时，她爸在紧张地准备包子里面的馅料。粉丝、豇豆、胡萝卜、香菇、酱菜、洋葱、香葱、生姜、大蒜，瘦肉自然也是少不了的，还额外加了脆骨，说是谁吃到脆骨，谁就中奖了。一辈子没中奖的我，今天终于有机会中奖了（抹泪）。总之，家里有什么，一股脑都翻出来。从择菜、洗菜到切菜，灶台上大大小小的碗、盘、盆摆满了。知道的是做包子，不知道的还以为要开满汉全席。一通捯饬，整出了两大盆包子馅，一盆豇豆香菇肉馅，一盆粉丝酱菜肉馅。你问为什么要用盆装，因为要大干一场呀！油盐酱醋、胡椒鸡精，家里能找出的调料，一顿往里面加呀，拌得那个香呀！

在我们忙碌的过程中，乖宝也没有闲着。积极清洗餐具，帮这个擦汗、帮那个擦桌子，充分发挥她"万金油"的作用。这个万金油好呀，提神醒脑，有备无患。

一切准备就绪，开包。都说包子皮薄馅厚好吃，就按照这个标准来。使劲地赶面团，一张又大又薄的面皮，托在掌心，一勺又一勺的馅料按进来，牵起边沿，慢慢折叠，给包子收口。看着我一个个精雕细琢的包子，她爸早等不及要去蒸来尝尝。好不容易等到上十个，马上上蒸笼。精准计算时间，15分钟，理科生的执拗又上来了。厨房里的烟火气，一如我们热气腾腾的人生。一个个胀大的包子，像打了胜仗的将军，雄赳赳、气昂昂、大摇大摆地走出来。咦，怎么都是透明的？不是那种白白胖胖的？尝尝，胜在馅料足，味道还不错。乖宝一口气"拍"了4个，好嘛，有这么好吃吗？一看时间，到晚上8点了，估计是饿急了。从准备面粉、馅料开始，不知不觉，过去5个小时了。才刚刚开始包包子，任重而道远呀！时间如潺潺流水，桌上的包子越来越多，由于使劲包馅，眼看更多的面恐怕要做成馒头了。为了把比例调合适，接下来，我把包子皮变厚，馅放少。改变是永远不变的主题，时刻变化，时刻调整。这一锅出来，她爸在厨房惊呼，快来看呀，包子里的"白富美"。终于知道，之前包子透明是因为皮太薄了，原来要皮厚才能呈现白白胖胖的感觉。时钟已指向10点，我最终做成了"白富美"。

终于知道皮为什么要厚了 —— 包子如是，人如是。

囚鸟

去阳台上晒衣服，突然，一阵阵扑腾声打破了清晨的宁静，看来有不速之客到访。定睛一看，捕获一只小麻雀。这只小麻雀和别的气定神闲的小麻雀不同的是，它在我家花丛中上下翻飞，显然是找不到出路，而我的忽然出现，更是惊扰到它。环顾四周，整个阳台被防盗纱窗包裹，它是怎么进来的呢？寻找中发现，左下角有个拳头大的小洞，可能是安装空调时留下的。这个小家伙，探险误入我家，又不记得来时的路，出不去了，着实为它的智商"捉急"。

不管不顾，可能它一天都被困在阳台，晚上回来，乖宝会看到小麻雀而欣喜，说不定还会央求收养它，做笼中鸟。然而，被困一天的小麻雀该是多么沮丧，多么无助，多么恐惧呀！失去自由会要了它的命。我默默地把纱窗打开到最大限度，退出阳台。五分钟后，阳台上的响动消失了，我知道，小麻雀去拥抱它的蓝天，亲吻它的阳光去了。

之前看过一句话，深得我心。场景是故地重游，料想这么多年过去了，故人最喜爱的花草会枯萎，回到故地发现，花草生机勃勃。于是就有了这句"植物自会找到它的蓬勃之路"。今天，小麻雀何尝不是找到了自己的蓬勃之路呢？不用说教，不用粗暴干预，不用手段。只需简单引导，辅助，它自己去尝试，向各个南墙去撞，最终能找到自己的出路。

我们常说，懂得那么多道理，仍然过不好这一生。这之间有因果关系吗？我以为没有。道理需要懂吗？道理是标杆，是指引，是方向，有时候也是原则和底线，在芸芸众生中安身立命，是需要认同的。那是不是懂得越多，生活越好呢？无数人的切身体验给了我们否定的答案。道理不是所有场景都适用的。尽信书则不如无书。不能读死书，要活学活用，能解决问题的知识才是我们成年人愿意接受的知识，才是可能被发扬光大的知识。

高考是理论知识的巅峰，之后就是实用主义。这个观点得到了友人的认同。不管学多少知识，最终是为生活服务的。不做囚鸟，做搏击长空的雄鹰。愿每位朋友都能过好这一生！

一觉醒来，问题奇迹般地解决了

给学生上完课，疲惫地瞥了一眼墙上的时钟，九点半了。顾不上忙碌了一天，连忙打开 QQ 群，看看乖宝班上的老师们有没有"新指示"。

自从上网课以来，时刻关注班级群信息成了常态，生怕错过了学习内容。以前被丢在墙角吃灰的平板，登上了 C 位，大放异彩。果然，语文老师发来了明天课程的视频，需要提前下载，明天观看。抱起宝贝平板，准备进群下载。咦，怎么回事？打开平板后，在主页上不管怎么点，都无法进入下一步。点什么都跳出同一句话："限时特惠，开通 VIP，助你学习无忧，更上一层楼！"说得倒挺好听，什么鬼？取消后，点任何图标，仍然跳出来。前往的话，就是付费等一连串的操作，关键是不知道为什么付费，费用还不低，活活的故障。

折腾了半小时，试了各种办法，脑壳都想疼了，找不到原因，无法解决。找卖家试试吧。把情况跟卖家一讲，直接让寄回刷机，还说不保证刷机后能正常使用，还要收费，只是试试。什么原因都不跟我讲，让我付费当小白鼠，这样的售后太不专业了吧！反反复复反馈平板状态，得到的答复是我自己操作失误，需要付费刷机。关键是我没有操作什么，突然就什么都点不开了。对客服的建议，我是半信半疑。就这样倒腾来倒腾去，一个小时又倒腾没了，眼看11点了，算了，先放一放。平板不能用了，我用手机把乖宝的学习视频下载吧。一点击下载，居然跳出"安全检查未通过，禁止下载该文件"。今天真是见了鬼了，屋漏偏逢连夜雨。不知道是我手机的问题，还是视频的问题。虽然很晚了，还是不得不打扰大家，厚着脸皮去家长群询问原因。中年老母的我，太难了！一问才知道，其他家长也出现手机无法下载的情况，总算手机没有出问题，算是一点欣慰。同时得知，平板和电脑可以下载。顿时一头黑线，平板啊平板，你真是罢工得不是时候。这一出，折腾到12点，已经精疲力竭。得，明天还有一天的工作，睡吧。

任何事情都可能停止，但时间不会。我们知道，明天一定会到来。今天太累了，身体累，心更累，我在忧心忡忡中睡去。一觉醒来，习惯性地打开平板，奇迹般可以用了。我兴奋地告诉乖宝这个好消息，击掌庆贺。昨天折腾了我一晚上的毒瘤，今天不治而愈了。而且老师发现了视频的问题，重新发了可以正常下载的视频。问题全部解决了。平板的问题还在，只是我没有迷信客服，自己找到了一条新的路径，打通任督二脉。这种独立解决问题的快感，让自信心又增长了一分。

伤疤还在，只是不让它裸露，用美丽的服装掩盖它。为什么要纠结伤疤呢? 就让它存在好了，不用去钻牛角尖。不管你有多少痛苦，太阳照常升起；不管你有多少快乐，太阳照常落下。不为过往而悔恨，不为将来去担忧，过好当下这一刻，知行合一。一切都会过去，一切都是最好的安排，说不定还会 get 新技能。成长就是这样来的吧，谁说不是呢?

一则停水通知引发的思考

　　一楼铁门上贴了一则停水通知，今天上午 8 ： 00—下午 6 ： 00 停水。因为这则通知，我一天的计划被打乱了。首先是把厨房的水壶、蒸锅、奶锅等一切稍微大点的容器都灌满水。然后到卫生间把水桶、大小脸盆一字排开，一一注满水。准备完这些已经到了上午 8 ： 30，过了原定停水的时间，水居然还没有停。虽然水暂时没有停，一堆准备机洗的衣服，怕水中途停了更不好处理，只好手洗。由于停水的定时炸弹，和时间赛跑争分夺秒，洗得也马虎一些。好不容易清洗、脱水、晾晒一套忙完，时钟快指向了十点。到我现在，坐在电脑前码字，水还没有停。

　　虽然结果是没有停水，我很高兴，但是，这则莫名其妙的停水通知，的确是打扰到我的生活。原本是由洗衣机完成的工作，迫使我来做，而且占用了一天中的黄金时间，完成得还没有洗衣机好，效率大大降低。因为害怕停水，大量储水，既浪费了大量的时间，又造成了水大量囤积，供大于求的浪费。时刻都有停水危险，精神上也有担忧。

那么，问题来了，这则名不副实的停水通知是怎么来的？第一种可能，有人恶作剧。第二种可能，原定是由于某种我们所不知道的原因，需要用停水解决，但后来问题解决了，不用停水了，也没有人再出一份正常供水的通知。我猜测，这么大的小区，恶作剧不太可能，很有可能是第二种。如果的确是第二种，这样的误会是否可以避免呢？停水通知是昨天贴的，通知今天停水。如果昨天已经得知今天不会停水，是否可以派相关人员立刻出份新通知做个解释呢？或者他们是今天8：00后，才发现没有停水，是否可以询问原因，确定到底会不会停水，给小区居民一个交代呢？他们通知的停水时间没有停水，而其他时间停水了，是不是会给大家带来更大的不便呢？这个停水通知的问题这么难解决么？显然不是。只要工作细致、到位、负责，有点小疏忽，我们都是可以理解的。工作无小事，涉及到广大人民群众利益的事情就是大事。

　　生活中，需要我们去处理的大事非常有限。多数都是些打个电话、出个力、花点时间就可以解决的小事。然而，生活就是由这些一件又一件的小事情组成的。如果不处理，慢慢积累就可能成为影响我们事业、家庭，甚至生命的大事情。一旦把每件小事情处理好了，生命的车轮就会平缓向前。虽然偶尔会停滞、倒退，但总的大方向最终是会前进。道理谁都懂，难的是如何去行动，如何去坚持，如何不被绊脚石绊倒，如何最终走向前方？

走失的小男孩

　　温煦的阳光洒在脸上，在这个深秋，像极了妈妈柔软的手。鸟儿们三五结群，或拦路，或迎接，叽叽喳喳地叫着。比熊腊腊撒欢地奔跑，在腿脚间穿梭，用速度拥抱这自由的空气。行人们熙熙攘攘，欢声笑语。妈妈安静地坐在身旁，慈祥的目光跟随着一双孙子，外孙，一刻也舍不得离开。孩子们玩着竹蜻蜓，用力一撮，竹蜻蜓飞上天，落下来时抢着去接，咯咯咯的笑声也飞上了天，孩子们的快乐就是这么简单。深吸一口这人间烟火气，浅淡的笑容在脸上慢慢酝开。

　　一声凄厉的哭声，打破了宁静。约摸三四岁的一个小男孩，撕心裂肺地哭喊着从身边跑过。他跟在两个年轻女性身后，边跑边哭。两个女性回一下头，又继续走。难道是小男孩调皮，惹家长不高兴，故意不理？小男孩一直跑出几十米，两个女性又回头两次，没有停下来的意思，如果是家长，也太狠心了吧！不对，有点不正常。那两个人不一定是小男孩家长。眼看着小男孩越跑越远，越哭越凶，不放心的我追了过去。心想，一个陌生人接近孩子，如果是家长的话，一定会过来干预的。我就做这个陌生人。我截住小男孩，果然那两个女性没有过来。经验告诉我，这个小男孩走失了。

三四岁的小男孩走失是非常危险的，如果被人贩子盯上，后果不堪设想，我惊出一身冷汗。我蹲下身来，安慰小男孩，让他不要哭，问他是不是跟家长走散了。当时心里迅速地出现两个方案。一是如果小男孩记得家长电话，打电话通知家长来接。二是如果不记得，打110把孩子交给警察去帮忙找。家长发现孩子不见了会急疯的，身为家长的我太懂了，总之要把孩子安全地送回家。慢慢让孩子平复了心情，引导他回忆家长电话。有时候，真的要相信孩子的能力，他准确地报出了妈妈的电话。电话打过去，找到她妈妈。由于小男孩不是妈妈带出来的，我说明情况时，她开始还怀疑，后来问了孩子姓名，让孩子跟她说话，确认是她儿子，才慌了神。我告诉她地址，让她赶紧来接孩子，我帮她照看着。过了十几分钟，一个三十岁左右的男子跑过来了，小男孩看见他，连忙跑过去，应该是孩子爸爸。一见到孩子，这位爸爸劈头盖脸责备孩子不听话，到处乱跑。好不容易平复的孩子又伤心地哭起来。他压根没有理会这个帮他忙的我。我上前劝他不要发火，孩子已经受惊了，要好好安抚。他算是听了我一句，转身拉着小男孩走了，全程黑着脸，没有给我一个好脸色，更没有说一句感谢的话。

妈妈实在看不过去，赶过去理论，说这个爸爸太不懂感恩了。我拦住了妈妈，我帮这个孩子，是出于我也是一位母亲，不想幼小的孩子受到伤害，不愿看到骨肉分离的人间悲剧发生，希望幼小的心灵里能种下善良的种子。我做这件事，并不是为了他的父母感谢我。总有人需要站出来，我想去做，仅此而已。

真要提醒那些心大的家长，带孩子出门，一定不能离开自己的视线，孩子是如此脆弱，一旦发生风险，这个后果你承受得起吗？

长寿花逆袭

整理盆栽的时候，不小心把长寿花的一节最粗的分枝折断了，原本郁郁葱葱，长势喜人，甚是可惜。但是，断了也无法接回去，只能接受。我随手把断枝放在旁边的空花盆里，接着去侍弄别的花草。

浇花时，不经意也瞟一眼断枝。一天两天，一周两周。它静静地斜卧在空花盆里，枝叶碧绿，没有半点枯萎的迹象。难道它还撑着？抱着试试的态度，把断枝埋进土里，装模作样地种起来。一天两天，一周两周，断枝竟然长出了新根，发出了新芽，活啦！现在成功打花苞，姹紫嫣红指日可待。

莫名地被长寿花感动了。没有水，没有营养，没有生存的基本条件，默默忍受烈日、寒夜。在被放弃的情况下，用无声的坚持，为自己挣得了关注。一旦获得资源，立马积蓄力量，生根发芽，赢得开花结果的美好未来。

目标是方向，信念激发打败一切困难的勇气，成功是靠自己赢来的，长寿花逆袭，不负长寿之名。

好好活

　　做有意义的事就是好好活；好好活就是做有意义的事。活不易，好更难。极少数人从小能确立志向，终身为实现目标而奋斗，他们是幸福的。绝大多数人并没有明确的方向，随波逐流，终其一生，回首往事仍然迷茫，不甘。好好活是千古难题。也许就是不执着过往，不苛求未来，只关注当下的人和事，感受这一粥一饭，一丝一缕的烟火气。

　　今天，是一次新的突破，走进武汉市血液中心的那一刻，新的体验扑面而来。

　　第一次接触献血，是刚进入大学。献血车开到了学校。报名献血的同学们排着队，笑着闹着，对新鲜事特别好奇，异常兴奋。眼看着队伍向前移动，快到自己了。前方传来消息，血量已采集够了，不需要了。多少有些败兴而归。

　　第二次接触献血，还是在大学里，这时过了一年，大二了。一切按部就班，面包吃了，牛奶喝了，坐上了献血车，胳膊挽起来了。熟悉的声音响起来，血量采集完毕。又没有献成。

　　时光飞逝，岁月如梭。没承想，再次献血，已是二十年后的今天。血液中心里窗明几净，医生护士们有条不紊地工作，采血机器发出低鸣声。

门口，护士小姐姐热情地接待，每个环节都有详细的介绍。登记、填表、体检。吃早餐的时候，体检结果出来了，身体符合献血的条件，准备献血。

我被安排在二楼的 15 号，这里的采血机器并不是一样的，护士小姐姐告诉我，根据献血者的血管粗细不同，单手还是双手采，适用的仪器会不同。单手采，体外循环的血量相对较多一些，用时会更长一些，一般对于初次献血者，建议双手采。但我不想双手都受到束缚，还是希望有一只手可以自由活动，所以选择单手采。看吧，隔行如隔山，处处皆学问。采血机器上面有个显示屏，显示着抽血、回血、速度、时间等数据，大多数看不懂，护士小姐姐一一耐心地讲解。由于我的血管较细，抽血血压有时会跟不上，需要时不时捏拳头加压，回血时则不用。

原以为献血就是一个人呆呆地在那里坐着，进去了才知道服务无微不至。为我服务的这位小姐姐甚至陪我聊天，从双减到职业规划，从政策到国家强大以及生活中的小趣事。小姐姐给我拍照格外认真，寻找最佳角度，细心地为我整理衣领，小姐姐的拍照技术真不错，真想建议她兼职摄影师，非常满意。一个半小时不知不觉地溜走了。

教书育人，献血救人，正好应景刚刚过去的教师节。一次不错的体验。

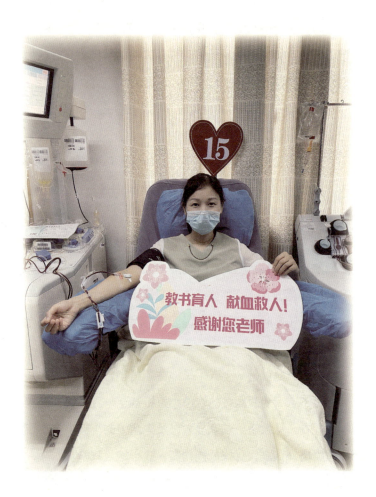

成 长 之 路
CHENG ZHANG ZHI LU

如何教育孩子爱读书爱学习养成好习惯

今年 20 年同学聚会，除了一贯的吃吃喝喝外，老班长策划了一个新项目，请有专长的同学为大家普及知识。由于我家乖宝这次期末考试再次获得语文数学双百的好成绩，蝉联年级第一，并且平时在家帮忙做家务，体育方面也是一把好手，可谓德智体美劳五好少年。多数同学的孩子也正在上小学阶段，学习、习惯一直都是家长头疼的问题。于是，为同学们传授如何教育孩子爱读书爱学习养成好习惯的重任，就交到了我手上。

说永远比做容易，但真正能产生效果的，只能是做。其实，几十岁的人了，道理都懂，也认同，就是自己做不到。试想一下，你自己做不到的事情，要求孩子做到，这合理吗？与其让我说如何教育孩子爱读书爱学习，不如让家长先爱读书、爱学习来得更实在些。

说到读书这个事，绝不是一朝一夕可以形成的。孩子的读书兴趣，是需要家长创造一个良好的读书氛围，身体力行去引导的。在乖宝 2 岁左右，我就每晚给她讲故事。那时的她可能不太懂，但文字的魅力、妈妈的爱和陪伴，相信已经印在了她的脑海中。上幼儿园后，开始接触拼音，给她买了大量的带拼音的儿童文学书籍。她拿起来爱不释手，经常一看几个小时，直到一本书看完。再大一点，6岁左右，给她准备的就是不带拼音，世界名著的浅显译本。这个年龄段孩子意识在初步建立。这类型的书里蕴含着很多做人做事的道理，可以说，对一个人价值观、人生观、世界观有很大的影响，培养了乖宝正直、善良、积极、自信的性格。一个人心正了，还怕其他事情做不好吗？读书，你的思想就插上了翅膀，通过作者的眼睛，了解你不曾经历的人和事，去看这个丰富多彩的世界。只要有时间，我会带乖宝去各个书店。现在的书店都很有特色，布展赏心悦目，同时很多小朋友一起看书，也非常有氛围。不仅是书店，现在很多大超市也有阅读区。现在乖宝养成了一个习惯，不管去超市还是商圈，会先找读书区在哪里，先看书，再做别的事情。孩子这么自觉，做父母的一定在偷笑了。

　　说到乖宝的学习这方面，我还真是没有操心。人们常说，这个孩子天生就是学习的料。这是因为他们无法解释爱学习的动机。我不相信这个说法，爱学习绝不是天生的，她一定是在学习中找到了乐趣，有了收获，产生了成就感，促进她更加努力地学习。我想，乖宝的爱学习，又追溯到爱看书这里来。万事万物都有内在的联系。从书本中吸取知识，懂得道理，让她感受到掌握知识的重要性。记得乖宝一年级期末考试前，也就是她人生中真正意义上的第一次大考前。她有一点忐忑，问我，如果她没有考到一百分，我会不会不高兴。我说了一段至今仍然引以为傲的话，"分数是为了检验你这个阶段知识的掌握情况，是比较重要。但学习不是为了考高分，而是你通过学习新的知识，开阔了眼界，从中体会到了快乐。并且因为你掌握的知识解决了实际问题而获得成就感。希望你知道，妈妈从来不要求你分数，但你需要学习认真，凡事尽自己最大的努力。"当时乖宝似懂非懂，我也不能确定她听进去没有。后来，那次大考她门门一百分，成功拿下年级第一。她的一席话，"妈妈，你说了学习不是为了分数，是为了找到了学习中的快乐。"让我热泪盈眶。

乖宝不仅学习优秀，生活上面也是我的好帮手。洗衣服、晾衣服、叠衣服、扫地、拖地、洗碗、收拾房间样样有模有样。而且经常是看着我在劳动，主动要求帮忙。我对她的爱，时时刻刻，同时也让她知道，她也需要体谅父母的辛苦。而最好的表达方式，就是帮助爸爸妈妈做家务，自己也是家庭的一分子，也要承担一份责任。我不赞成一些家长的做法，只要学习成绩好就可以了，所有时间都用来学习，其他的不用孩子操心。殊不知，孩子很多技能都是通过实践得来的，书本上的知识毕竟是纸上谈兵，知识要运用到生活中，才能产生作用。亲手洗了衣服，才知道讲卫生；做了饭，才珍惜粮食；买了东西，才体会钱来之不易，不能乱花钱。比起乖宝的好成绩，我更加庆幸的是她养成了好的习惯、好的性格。

孩子决定着我们后半生的生活质量，任何时间、金钱、感情的投入都不为多。高品质的陪伴和爱，才能塑造一个健康、乐观、向上的宝贝。培养一个优秀宝贝的前提是先做一名优秀的家长。

比孩子更需要成长的是家长

当乖宝"哇——哇——哇"的啼哭声在我耳边响起时，我知道，我真真正正地成了母亲。欣喜的同时，也伴随着惶恐。我怎么来做这个母亲？我能做好母亲吗？我的乖宝会喜欢我吗？

第一次做父母的我们，一切都是摸索着前行。各行各业都有学校或者师傅教，上岗前必须具备资质才行。唯独父母这个最重要的工作，没有专门的学校可以学，上岗前也没有专业的人教，上岗后的变数更是无法预测。如果列举工作难易程度排行榜，做家长估计会在前三。

龙生龙、凤生凤、老鼠的儿子会打洞。一旦成了家长，就没有退路，你孩子的成长直接取决于你。很难想象，一个不自律、没目标、没有责任心、整天吃喝玩乐的家长，能培养出自律、有责任感、勇于接受挑战的孩子。所以，与其说孩子的成长重要，不如说比孩子更需要成长的是家长。

如果说孩子将来的成就是万丈高楼的话，作为家长的我们就是那深不可测的地基。自律、正直、善良、有责任心、勇于接受挑战体现在家庭、工作的方方面面。家庭中要用正确的态度和方法经营夫妻、亲子关系，营造一个温馨和谐的家庭氛围，给予孩子足够的安全感。工作中，不管是管理岗位，还是普通工作岗位，做好自己的本职工作，尽职尽责地完成既定的目标，用自身的价值来换取收入，提高家人的生活水平。平衡好家庭和工作的关系，是每个成年人的必修课。

在子女教育中，身教永远重于言教。父母有了优秀的品德和非凡的能力，自己有一杯水，才可能给孩子一碗水。请放心，孩子的标准就是你们的短板，因为缺点永远比优点好学。希望孩子优秀，家长需要不断提高自己的短板，不断成长，给孩子做好榜样。

父母和孩子平等对话非常重要。把孩子当成父母的附属，是一部分人的想法。这种想法并不是毫无来由的。在《人类简史》中提到，远古时期，孩子是父母，主要是父亲的物品。父亲犯了罪，可以用自己孩子的命抵罪。包括近代，也有买卖孩子的无良父母。这样的行为，都是有悖人性的。这样的父母，玷污了父母的称号，不配做人父母，不在我们的讨论范围内。我们身边的家长对于孩子多数还是爱护有加。虽然很爱护孩子，孩子提的要求，多数能答应，但并不代表家长和孩子是平等的。

在生活中的方方面面，家长都喜欢为孩子包办。小到吃什么饭、穿什么衣，大到学习什么兴趣班、报考什么大学等决定性的事情，家长们都喜欢用自己的判断去左右孩子，甚至是强迫孩子按照自己的意志执行。三岁看大、七岁看老。其实孩子到了一定年龄，已经具备了一定的判断能力，大部分的事情都可以自己做决定。说白了，家长需要把孩子当作一个平等的人来看待，多听听孩子自己的想法，来激发孩子的内驱力。

一直以来，声讨爸爸的文章中，"陪伴孩子时间少、质量低、丧偶式婚姻"都成了爸爸们的"罪状"。虽然有些偏颇，但不得不说，家长对孩子的陪伴、和孩子的互动，对于孩子非常重要，甚至会影响孩子一生。我们出生的家庭叫做原生家庭。我们长大后，找到配偶，组成自己的新家庭叫自己的家庭。家长自己家庭的孩子，在他的原生家庭成长。家长经历了从原生家庭到自己的家庭的过程，而孩子现在只经历他的原生家庭，听上去很绕。原生家庭和自己家庭，当每个家庭都做得足够好后，良好的家风就被传扬下去。高质量地陪伴孩子，积极互动，将优良的品德和能力传递给孩子，让他在未来的路上可以披荆斩棘。

活到老、学到老。作为家长的我们，不断地完善我们自己，才能培养教育出优秀的宝贝。比孩子更需要成长的是家长，一起努力吧！

孩子发脾气，你的指挥棒舞起来

　　孩子满地打滚、冲你大吼大叫、哭闹，或者一声不吭，摔门进房间，禁止你靠近。遇到这种情况，是不是立刻参毛？真想对孩子发出灵魂拷问，我平时怎么对你的？要什么给什么，事事为你着想。要你完成个作业，这么难吗？要你把青菜都吃完，这么难吗？如果这个时候，作为家长的你真的冲到孩子面前，质问孩子，甚至动手打孩子，结果可想而知，只会让矛盾激化。可能孩子在你的威慑下，暂时退让，但在他心里，钉下了钉子。即使以后会拔出来，但那个洞会一直在。我们和孩子一样，沦为了情绪的俘虏。

　　碰到孩子发脾气，我们该怎么办呢？首先你要清楚，孩子是在用发脾气来表达不满的情绪，这个时候，孩子陷入情绪中，任何的道理都很难听进去。首先要安抚孩子的情绪，对孩子发脾气表示理解，让孩子知道你接纳他。然后表示理解不代表认可发脾气是对的，最终是要解决问题。用转移注意力或者独处的方式，让孩子恢复平静。找准时机，用平等的心态，询问孩子发脾气的原因，一起约定，以后碰到这样的情况，好好解释，一起解决问题。

　　处理孩子发脾气的问题，找到孩子发脾气的原因和正确的解决办法是重要的一环。我总结了一下，主要是以下几个方面：一是家长对孩子"关心"过度。比如一天喝多少水、什么时候喝水、喝什么水；什么场合穿什么衣服；上什么兴趣班等这些生活中小得不能再小的事情，家长都希望孩子按照自己的要求执行。

　　就拿喝水来说，都知道喝开水对身体健康有益，每天能喝2～3L比较好。但孩子玩得正开心的时候，你要求他停下来喝水；正在写作业的时候，你突然打断他，提醒他喝水；甚至提出要求，喝一杯开水才能看动画片。本来喝水这件很好的事情，都是伴随着扫兴而来，好事变成了坏事。三次、五次还行，次数多了，孩子不配合，家长语气不耐烦，这个时候，孩子很容易发脾气。其实，孩子玩累了、口渴了，不用你说，自己会喝水。有家长说，我也不想这么烦，但是你不知道，你如果不提醒他，他可以一天不喝水。孩子如果没有主动喝水，可能有两方面原因，一个是他身体里的水分已经够了，吃水果、喝果汁、喝汤都可以补充水分，他不需要喝了。另一种是他感觉白开水没有味道，不好喝。说实话，白开水确实不好喝，当孩子没有认识到白开水对身体的好处时，确实本能会抗拒。这个时候，我们可以参照上一条，准备孩子爱吃的水果、果汁、蜂蜜水、汤等这些既可以补充水，又营养美味的食品，一样可以达到喝水的目的。目的达到了，又避免了冲突。何乐而不为呢？

第二类引起孩子发脾气的原因是孩子为了抵触而抵触，就是我们常说的青春期逆反心理。家长说东，偏要往西，硬要跟家长对着干。10岁到18岁之间，这个时期的孩子，自我意识在增强，比较强调自我，有自己的想法和主张，认为家长的做法过时老套，啰嗦多了，心里烦，通过发脾气来阻止家长约束自己。同样是青春期，有的孩子高兴的、失望的、悲伤的……什么事都愿意和家长分享，逆反心理表现得并不明显。而有的孩子看什么都不顺眼，一言不合就找家长干架。其实发脾气是表象，这个时候的家长需要反思亲子关系，为什么孩子不愿意听你说话，没有耐心听你说话，本质上是孩子对家长的信任度不高。这个时候的家长需要调整自己和孩子的沟通方式，缓和亲子关系，不妨从先静下心来听孩子的想法开始，多肯定孩子，多让孩子自己决定自己的事，毕竟，孩子总有一天要独立，要单枪匹马战江湖。

最后我想说，孩子发脾气是因为不认同。谁说家长的做法就一定是对的？就说有些家长打孩子这个事情，不管出于什么原因，打孩子是弊大于利的。只看到了眼前孩子的屈服，那是因为孩子现在弱小，并不是真的通过挨打能认识到自己的错误，而且会给他一个印象，暴力是可以让别人闭嘴的，暴力是可以解决问题的，会给他幼小的心灵埋下阴影。家长使用暴力也会上瘾，久而久之，伤害无法逆转。我反复跟我的学生家长强调，一定不要打孩子，要控制自己的情绪，问题是有办法解决的。其实孩子发脾气并不可怕，反而是教育的最好时机。发脾气就是在暴露问题。

　　在孩子的成长过程中，问题总是会不断出现的，只要不在同一个坑里反复跌倒，那么解决一个少一个，问题慢慢就会在可控范围内，焦虑和对抗慢慢消失，其乐融融的生活会围绕在我们身边。

还孩子干净整洁的房间

玩过的玩具就地一扔；上网课前焦头烂额地找书本文具；软绵绵的被子像受惊吓的毛毛虫，蜷缩在床上；地上到处是零食包装袋、废纸、各种垃圾。跟在屁股后面的家长，像保姆一样不停收拾，仿佛永远收拾不干净。这是部分孩子房间的现状。这样的不良习惯养成，要纠正过来，确实需要下一番工夫。

现在人们生活水平提高了，对于孩子更是舍得花钱。孩子看到什么玩具，张口一要，就买。久而久之，家里玩具堆积成山。有家长跟我反映，孩子心血来潮翻出好不容易整理好的玩具，扔得家里满地都是，有的看都不看就一扔，玩过从来不收拾，怎么提醒、惩罚都没用，不长记性，非常头疼。我问家长是怎么提醒孩子的，家长说是训斥和吓唬，效果不好。玩具可以开发孩子大脑，孩子也爱玩，是必不可少的。既然不能取消，就要学着和它和平共处。

玩具分两大类：一类是一次性的，比如气球、风车、泡泡枪等，比较吸引眼球，技术含量不高，玩一次就扔的，建议少买；另一类是可以重复玩的，如益智积木、模型、科技产品等技术含量较高的玩具，可以根据孩子的兴趣爱好，适当购买。今天主要讨论怎样让孩子主动收拾这些玩具。对于孩子心爱的玩具，采取动之以情、晓之以理、约法三章的办法。你可能感觉我说得太正式了，毕竟是小孩子。放心，孩子远比我们想象的更懂事，你要通过和他平等对话，来激发他的主动性。给他一个印象，收拾玩具是他自己的事。他要求买玩具的时候，肯定是充满期待。比如益智积木。这个时候，你要抓住机会，表扬他有想法，爱思考，动手能力强。在他满心欢喜、洋洋得意的时候，和他约定，可以陪他一起玩积木，积木的主人是你，游戏结束后，你要负责把它们安排（收拾）好。这叫动之以情、晓之以理。什么是约法三章呢？如果你没有把它们安排好，它们可是会消失（不让再玩）的哟。在你和孩子一起玩积木的过程中，可以商量玩完后，积木被放在哪里？也是强化孩子收纳意识，多训练几次，孩子会养成收纳习惯。当然，也有孩子引导后，仍然不收拾，这个时候，要用约法三章的消失方法。你不好好照顾积木，积木就会消失，以后没得玩。其实很多家长都用过这个方法恐吓孩子，但是舍不得扔掉或者送人，只是停留在嘴上，孩子也摸到了你的脾气，只是说说而已，自然不当回事了。我

上面说到的"动之以情、晓之以理、约法三章"的方法，欢迎家长们试一试，可以和我讨论。

　　突如其来的变故，把人们都关在了家里，孩子们不得不在家里上网课。孩子的学习空间变得重要了起来。课本、作业本、学习资料、文具，如何使孩子注意力集中、高效的学习，书房

的布置、书桌的摆放是有讲究的。首先说孩子的学习空间，最好是一个独立的空间。有单独的书房最好，如果没有，给孩子隔出个不被打扰的安静独立空间，非常重要。孩子的学习类比于我们的技术工作。试想一下，你正在写代码的时候，一会叫你喝水；一会叫你吃水果；还有人在你身边打闹玩耍；周围一片嘈杂，你能写出优秀的代码吗？孩子学习的时候也需要聚精会神，不断地打扰让孩子无法静心学习。

然后来说说书桌。书桌是用来摆放学习用品的。如何摆放也是有学问的。比如书桌上，只留要学习的那门学科的资料，必要的文具，书桌上能看到的东西越少越好，其他的资料全部放到屉子、柜子或者书包等这些看不见的地方。一次只完成一项学习内容，这项学习内容完成后，把相关物品收进去，再把下一项学习内容需要的物品拿出来，这样做也是为了集中孩子的学习注意力。人的注意力是有限的，当身边充斥了太多的物品，注意力很容易转移。而且在来回切换中，会浪费时间。这也是很多家长反映的，孩子做作业时喜欢玩笔、玩橡皮、玩小玩具导致作业很晚都做不完的原因。所以培养孩子专注力，从清理桌面开始。

房间是生活的地方，我们在房间里活动，房间的卫生直接关系生活质量。家庭环境也会直接影响人的心情。干净、整洁、舒适的环境是每个人都期盼的。建议孩子的房间卫生由孩子自己完成。有个著名的理论叫"破窗理论"，是说如果一扇窗户破了，没有人去修补，那么其他的窗户也会莫名其妙被打破。同样，地上很干净的时候，人们不好意思丢垃圾，一旦有垃圾出现，大家就都开始丢垃圾。所以，想让房间干净，就需要想办法保持。可以在孩子房间准备一个卡通垃圾桶，模仿篮筐也可以，和孩子一起玩投篮游戏，让垃圾去它自己的家。和孩子约定，每天一起扫地，看谁扫得更干净。增加做卫生的趣味性。相信在家长的带领下，孩子也会爱干净、讲卫生。

　　养成良好的学习、生活习惯的重要性就不必说了，从小培养，受用终身。生活中的一点一滴都可以让我们长知识。碰到问题去解决问题，就是成长的过程。

你希望孩子"听话"吗

很多家长反映，孩子不听话，惹得人发火，非常头疼。我反问道："你是希望孩子比你差还是青出于蓝而胜于蓝呢？"家长们理直气壮地回答："当然希望孩子比我强呀！没有家长希望孩子比自己差的吧？"你要孩子事事听你的话，孩子怎么可能超越你？乖巧、听话的孩子人人爱，这是家长们的共识。但是，我们也要允许这些乖孩子有"不听话"的时候。太听话的孩子长大后可能会走上两个极端。一类是人人敬而远之的"妈宝男or女"，另一类是没有主见、唯唯诺诺的老好人。这两类都是大家不想看到的。抛开那些为了唱反调而故意的行为，"不听话"的孩子反而有更多的可能。

孩子"不听话"，表示他们对家长不赞同，正是自己思想形成、独立思考的表现。他们在通过这种方式挑战家长的权威。不一定每次挑战都是对的，家长要有允许孩子犯错的度量，在犯错中排除，在犯错中纠正，这次的犯错是为了下次不再犯同样的错误。不要把孩子的犯错看成洪水猛兽，这是成长的必经之路。

当然，还有另一种可能，那就是，家长的想法没有孩子的想法合适。这个时候，作为家长的你睡着了要笑醒了，孩子的超越开始萌芽了，这不正是家长们喜闻乐见的吗？80%的家庭是普通水平的家庭。家长也是普通的家长。我们谁都不是全能的，谁也不能保证自己的做法是100%的正确，自己什么都懂。当孩子"不听话"时，我们是不是可以静下心来，先听听孩子的想法，可能奇思妙想；可能天马行空；可能违背你的意愿。但是，正因为孩子和我们不同，才有更多不同的可能性。

对于孩子，我们首先要做到尊重，他们也是有独立人格的人，然后尽量做到平等对话。站在这样的角度，孩子的"不听话"，就不是家长的单向输出，成了家长和孩子的互动讨论，说不定，更优的办法就在互动中产生了，亲子关系也会更加和谐。

孩子不会事事不听话，也不会事事听话。当孩子不听话的时候，我们多听听孩子的话，也许会找到问题解决的新办法。那些为孩子"不听话"头疼的家长，看了我的文章，是不是心情好一点啦！

孩子痴迷电子产品，怎么破

在我读书那个年代，很多学生因为打游戏机逃学，荒废了学业，后来一事无成。信息高速发展的今天，孩子们又被手机、电脑、Ipad 等电子产品捆绑，无法自拔。特殊时期，让学生们的课堂从教室搬到了网上，无处不在的电子产品，正在吞噬孩子们的时间和意志，千千万万的家长，忧心不已。

有家长说，不让孩子玩电子产品，手机、Ipad 藏起来，用"堵"的方式。放心，孩子会想尽一切办法，发挥聪明才智，斗智斗勇，和你玩猫捉老鼠的游戏，还常常是 Jerry 获胜。而且，电子产品关联我们生活的方方面面，还真缺少不了。既然这样，我们就无法完全禁止，就需要用"疏"的方式，合理使用。

首先要做到的，是家长要做表率。和孩子在一起的时候，少用电子产品。家长要抗议了，我们在家也需要办公，离开不了电子产品呀！是的，我也和各位一样，时刻要用到手机。我家乖宝从不会无缘无故拿我手机，只因为我做了一件事，如实告知孩子，我手机是用来工作用的，发信息、接打电话为工作服务，不用手机来娱乐。乖宝看见我手机、电脑的时候，上面显示的也是工作内容。试问一下，你成天打游戏、刷抖音、看韩剧，孩子会不抱着电子产品玩吗？再一个是指导孩子正确使用电子产品。上网课、查资料、提交作业，这些都是学习范畴，教孩子熟练操作电子产品，认真上课，按照要求高效完成作业。另外，一些辅助教学平台，益智游戏，也可以增加孩子的学习兴趣。听名著、故事等有声书，被优美的声线和文化熏陶，也是极好的。电子产品不用当成洪水猛兽，它的发明，是为了让我们的生活更加的高效和便捷，完全可以为我们服务的。不要被它控制，本末倒置。

去户外活动，既可以锻炼身体，又可以让孩子们远离电子产品。建议家长们周末带孩子出去转转。去公园采风，赏赏花、喂喂鱼、追追鸟。边走边聊，引导孩子说出赏花、喂鱼、追鸟的快乐心情。人事时地物，事情的起因、经过、结果都有了，一篇公园游记就产生了，作文真的那么难吗？当有实际生活打底，引发思考与感慨，作文这个困扰很多孩子的难题，就迎刃而解了。家长有意识地引导，在一句话、一个眼神、一张笑脸，不着痕迹、潜移默化中产生了。也可以去科技馆、博物馆等大型科普场所，找到感兴趣的话题，和孩子一起讨论。每类物品都有详细的介绍，和孩子一起认真研究，了解来龙去脉，搞懂了一个新知识和孩子击掌祝贺，可以增加知识，同时也增进了亲子间的互动，加深了感情。《一件难忘的事》也应运而生，《了解××的前世今生》《我和爸爸游省博》等主题也同样贴切。如果不想走远，也可以在小区，约上三五好友，一起打羽毛球、跳绳、玩游戏，同样可以让孩子丢掉电子产品。不要让"电子保姆"，成为家长失职的理由。

培养孩子的兴趣爱好，同样可以让孩子忘记电子产品。阅读、音乐陶冶情操；画画让孩子插上想象的翅膀；手工需要专注、认真、灵巧。兴趣爱好，对于一个人来说，是非常重要的，可以是精神寄托，未来还有可能成为一技之长。对于孩子兴趣爱好的培养，可以带孩子感受、体验，看到孩子产生兴趣，然后及时引导，让孩子坚持去做，家长切忌强迫孩子去上不喜欢的兴趣班，得不偿失。

孩子痴迷电子产品，很大一部分原因是因为无聊，找不到存在感。动画片、游戏，牢牢抓住孩子的神经，看了还想看、玩了还想玩，单向输出，脑筋会因为不思考而越来越笨。游戏中的升级胜出，还会产生现实生活中难以达到的成就感。久而久之，孩子沉迷其中，遇到学习、生活中的困难，立刻逃回到网络世界里。在孩子成长的特殊时期里，家长要多投入时间、关心、耐心和爱心给孩子。当孩子有自己的兴趣爱好，喜欢去户外活动，自然会少用电子产品。

电子产品没有错，错的是被它俘虏的人。当家长和孩子们都能正确认识电子产品，正确使用电子产品，让电子产品为我们服务时，它们将像冰箱、洗衣机一样，和我们和平共处。

如何培养孩子的阅读习惯

书中自有颜如玉，书中自有黄金屋；腹有诗书气自华；万般皆下品，唯有读书高。无数先贤名人用事实证明，读书，是最平民的高贵。培养良好的阅读习惯，受用终身。

谁都希望拥有爱阅读的孩子。不过，作为家长的你先问问自己，你爱看书吗？你家里有书架吗？你会经常从书中得到启发吗？平时带孩子去得比较多的场所，是超市、公园、游乐场还是书店呢？有些问题，当你想明白了，做起来就容易了。

三岁看大、七岁看老。很多好习惯，都是从小养成更容易一些。阅读也是一样，越小培养越好。我本人很喜欢看书，也深知阅读对于人的重要性，所以从小培养乖宝的阅读习惯。

在她一两岁时，每晚给她读睡前故事。《一千零一夜》《小巴掌童话》《狮子王》等各种各样的小故事，读的过程中，和她有眼神地交流，时不时还配上动作，像狮子一样扑过去，逗得她咯咯直笑，在她幼小的心灵里，撒下阅读真是有趣的种子。三到五岁，是上幼儿园的年纪。这个时候开始接触拼音和字。和孩子一起看绘本是不错的选择。绘本上有大量色彩鲜艳、生动形象的图片，文字比较少，非常适合孩子认字。孩子们对图片感受更加直观。在轻松愉快的环境中，指着文字给孩子读，让孩子把图片上的画面和文字联系起来。当乖宝迫不及待想知道后面小狮子怎么样了时，我知道，她的阅读兴趣建立起来了。六岁时，乖宝已经可以边看边猜、独立阅读带拼音的书了。一本新书拿到手上，埋头读几个小时是常有的事，遨游在故事中的她，废寝忘食。我常常会和她讨论书中的情节，引导她表达，所以对于一般孩子比较头疼的写话、作文，乖宝信手拈来。阅读的好处已经可见一斑。六到八岁的孩子，可以阅读带拼音的儿童文学，像杨红樱、曹文轩、沈石溪这类作家的书，兼具趣味性和文学性，对孩子阅读兴趣的培养和人生观的初步建立都有好处，可以选择阅读。再大一点，九到十二岁的少年，完全可以开始涉猎名著的简版了。这个时期的孩子，汉字已经积累到了一定程度，阅读没有多大障碍，心智开始慢慢成长，有自己的想法和见解，急需正面的引导。朱自清的《背影》可以帮助孩子理解父母子女的浓浓深情；《夏洛的网》让孩子知道了友情的可贵；《钢铁是怎样炼成的》告诉孩子毅力的强大；《简·爱》中我们能体会到自尊、自爱，敢于追求自己的幸福；鲁迅的文章，似投枪、似匕首，呼唤人们觉醒，每个人不仅有对小家的小爱，也要有对国家的大爱。

　　一本本书、一段段文字、一个个鲜活的人物，为我们展现出大千世界、人生百态。周末和孩子一起，多去图书馆坐坐。一人选择一本好书，静静品味，充实的一天就过去了。走的时候再借三五本书回家慢慢看，久而久之，习惯就慢慢养成了。这里多说一句，书能借的，尽量借，不要买。大家可以看看自己家的书架，有多少是落灰的新书，看都没有看的。又有多少是前面翻了几页，没有看完的。反正书是自己的，随时可以看，最后啥时候都没有看，放在那里占地方。借书则不同，有借有还，有个时间限制在那里，督促你抓紧时间读完。我的大部分阅读量是在中学时期完成的。金庸、古龙的武侠小说，中外名著，都是借阅的。那时候图书馆没有现在普及，都是一个一个小的借书店，一毛钱一天，或者两块钱包月，我屈指可数的零花钱，几乎用来借书了。为了少花钱、多读书，经常囫囵吞枣，一两天读一本。且不说书中精华吸收了多少，不过阅读兴趣确实建立起来了。有家长问，孩子已经错过了六岁前培养阅读的时期，不喜欢看书，现在还来得及吗？我可以负责任地跟大家讲，培养阅读的兴趣，什么时候都不晚，最好的时间是出生时，其次就是现在。

　　未来的几十年，当你悲伤时、悔恨时；高兴时、激动时；孤独时、迷茫时，阅读都可以陪你度过。开始就在当下这一刻！

高效做作业

家长反映最多的问题，是孩子做作业注意力不集中、拖拉。一个小时能做完的作业，做两三个小时是常事，经常搞到深更半夜，鸡飞狗跳。其实高效做作业也是有流程和需要训练的，下面我就来给各位家长讲讲。

首先说一下前提，孩子做作业的环境需要无打扰。这个打扰既有环境，也包含人。环境独立、安静。在孩子做作业的时候，家人不要以提醒吃东西、喝水等理由进出孩子的房间，让孩子能专注在做作业这件事情上。桌面上只留要做的这门课作业的用品，其他物品收到抽屉或者书包里这些看不见的地方。这门课作业做完，资料收进去，再把下一门要做的作业拿出来，保证桌上只有一项作业。不要认为这样收放多次浪费时间，磨刀不误砍柴工。比起分散注意力，这些动作使用的时间是必要的。

接下来是提高作业质量和效率的重点 —— 流程。这里要强调一个观念，作业需要孩子独立完成，每一次的作业当成一次小型的闭卷考试。第一步，从头到尾做一遍。有些孩子喜欢挑着做题，或者先做后面的题，这些方式都是不提倡的。知识是有渐进性的，由易到难，前面的知识是为后面做铺垫的，从前往后做是顺势而为。第二步，关书自己检查订正第一次。做题的过程中，有做漏掉的，有并不是不会做，而是思考不充分的，在自己检查这个过程中，把它订正过来。第三步，翻书自己检查订正第二次。当实在做不出来的时候，可能确实是某个知识点忘记了，或者记不清楚，这时候可以借助课本、教辅资料，对照书中的例题和讲解，自己尝试订正。第四步，如果在书中，仍然找不到解题思路，说明确实没有理解题意，这时可以寻求家长、同学、老师的帮助。认真听讲解，然后自己订正第三次。第五步，找到错误类型题目做几道，看是否能做对，并总结错误原因和题目规律，将其方法掌握。

如果能做到以上五步走，做作业正确率和效率会越来越高。家长看到以上五步走，可能会哭笑不得，感叹自己孩子如果能做到五步走，还用操心作业吗？还用操心学习成绩吗？是的，道理大家都懂，做到就很难。这个时候，才是家长发挥引导作用的时候。你以为家长那么好当呀，上天会直接送一个德才兼备的孩子给你？优秀的孩子都是教育出来的。落实这五步，合理的训练是需要的。脑袋永远比行动走在前面。孩子想要的是什么？好成绩和更多玩的时间。如果能做到以上两点呢？孩子是不是就愿意静下心来听听你说什么呢？是不是为了达到这个目标，短期内吃点苦、受点累也可以呢？和孩子推心置腹沟通五步走的做法，坚定地告诉他，这样做可以提高成绩和缩短做作业的时间，这样你在学校能得到老师的表扬，还会有更多玩的时间，只需要现在一点点小小的改变。当孩子认可了这个做法，并愿意去尝试，效果慢慢显现出来，良性循环，达到了治本的目的，皆大欢喜。

这个方法的重点是坚持，并形成习惯。需要家长对孩子的关注，如果出现懈怠的情况，及时提醒和谈话，鼓励孩子坚持，有点像红军过草地时政委的作用。谁说养育孩子的过程不像红军过草地呢？任重而道远。

劳动使人快乐

在和家长们沟通过程中，有一类型的问题是家长们普遍反映的，孩子叫不动，不爱做家务怎么办？

对于成年人来说，做的很多事情可能来自责任感。那么孩子呢？你希望他们天生具备责任感，具备做家务的主动性，未免要求太高了。孩子的天性是爱玩，如果在游戏中植入家务，孩子是不是更容易接受呢？你一本正经地指挥孩子去洗碗、扫地、拖地，并且带着不耐烦和厌恶，向孩子传递的是不喜欢做家务，很劳累的情绪，孩子怎么肯开心接受呢？如果换个角度，劳动变成了尝试新事物，变成了愉快的体验，他们的参与度会提高很多。

有这样一个故事，一个小男孩，因为调皮捣蛋，被罚去刷栅栏的油漆。每天做着枯燥重复的动作，看看遥遥无期的栅栏，小男孩非常烦躁，经常无端发脾气，把粉刷好的栅栏破坏掉。这样过了几天，小男孩感觉这样下去，栅栏永远粉刷不完，得找人帮忙。小男孩非常聪明，从这一刻开始，他决定换一种心态，吹着口哨、唱着歌做一个快乐的粉刷匠。旁边玩的小朋友看小男孩这么开心，纷纷凑过来一探究竟，小男孩告诉他们粉刷是多么好玩，多么有趣，放眼望去，栅栏都是你粉刷的，多么有成就感呀！小朋友们都想来试试。小男孩傲骄地说："想玩可以，不过需要拿你们的玩具来换。"从此以后，小男孩玩着各种各样的玩具，开心地看着其他孩子争着抢着粉刷栅栏。

如果把作画移到拖地上，如果把打水仗转化为洗车，如果把出游的准备变成先帮弟弟妹妹洗个澡，是不是更容易一些呢？有家长会反驳，你提的都是些什么建议呀？让孩子把拖地当成画画，搞得乱七八糟；打水仗一身水，最后都得我们收拾。很多孩子做家务的热情，最后都是被父母或者爷爷奶奶浇灭的。不允许孩子做错，不允许孩子耽误时间，剥夺孩子尝试的机会，是家长最大的错误。没有谁天生什么都会做的，只要把犯错控制在可控范围内，要大胆地去尝试。拖地当画画无非再多花点时间，孩子有兴趣干活，比起那点时间，不是可以为你分担更多吗？夏天围着汽车打水仗，随便把汽车洗了，大不了洗完再去洗个澡，多大点事，但欢声笑语会在家庭里久久回荡。

引导做家务，可以从孩子爱好方面下手。如果孩子爱运动，比如喜欢踢足球，可以建议孩子自己清理足球，清洗球衣、球鞋等。如果特长是弹钢琴，经常擦拭钢琴，整理乐谱，资料等。外出游玩很少孩子会拒绝。这时可以建议他们自己设计要带的物品，购买，整理，自己拿。先让孩子们从自己爱好方面迈出动手那一步，再逐渐培养劳动习惯。

家庭氛围对于孩子的影响是巨大的。可以建立家庭劳动日，全家总动员。每周或月一次，每个家庭成员合理分工，做力所能及的事，一家人在劳动中会发生很多趣事，其乐融融。共同做完家庭卫生后，可以一起吃顿大餐、看场电影，有条件的家庭也可以外出旅游来犒劳犒劳大家。当看着自己整理的房间清洁漂亮，自己扫拖的地面闪闪发光，那种愉悦和成就感，是最好的内驱力！

有家长还提到一个问题，多大的孩子做家务合适？我认为，只要能自由行动的孩子，就可以开始做简单的家务。比如两岁的孩子可以拿拖鞋、捡小垃圾等。五岁的孩子，扫地、拖地、晒衣服等简单的家务都可以做。八岁以上的孩子，洗碗、做饭、洗衣服、整理房间等大部分的家务做起来是没问题的。越早培养做家务的能力越好。你要相信，孩子比我们想象的要更强。

当孩子学会做家务，爱上做家务，未来因为自己努力过上了更好的生活，是我们家长给予孩子最大的财富。

高考

古有"十年寒窗",今朝"12年教育",为的是一朝金榜题名,走向康庄大道。

每年暑假,都是高考学子家长最焦虑的时刻,等待着分数的出炉、等待着志愿大学的划线、等待着录取的通知。可谓几家欢喜多家愁。

我的一个侄女,去年高考,填志愿的时候闹了一出,还好有惊无险。考试成绩出来,跟预期差不多,考得还不错。当时第一天志愿填了,跟亲戚们也一一通告,坐等喝喜酒了。填志愿通道即将关闭一个小时前,我表哥得到一个新的信息,有可能去更好的学校,他匆忙赶回家改志愿,由于5点钟关填志愿网络,他一着急,卡机,改的过程中网络关了,再也进不去了。接下来的时间就像热锅上的蚂蚁煎熬。到了晚上10点,想起来给我打电话,问怎么办。能感觉到表哥一家乱了方寸,表哥断断续续地跟我表述情况,表嫂在一旁不断地插话埋怨,不该去改,侄女闷声坐着,估计心中万分委屈。听了情况后,我第一反应是先查查她的志愿填报情况是怎样的,找到问题才能对症下药呀，没找到病因，病急乱投医解决不了问题。一查才知道，她的志愿已经报进去了，和她计划的一样，冤枉急了 5 个小时，估计度分如年，表哥跟我说，多亏我帮忙，不然全家人肯定折腾一晚上睡不了觉。其实我也没有帮什么忙，只不过多年的经验告诉我，遇事保持冷静，先找到问题的关键点，再想解决方案，思路要清晰。这个发生在我身边的事，只是高考中的九牛一毛。

高考录取线一出来，上线的欢呼雀跃，线下的黯然伤神，寻求其他的出路。我和很多人一样，挤过高考这座独木桥，这是二十多年前的事了，可能高考作为考生来说，主要是考出好的分数，其他的就都是家长急的了。妈妈还说给我算过命，说我是文曲星下凡，一定可以考上大学，考前硬是逼我喝了去庙上求的符烧成灰烬的水，说可以保佑我，那架势，只有我喝了这神水，妈妈才能安心。为了不让妈妈担心，无神论的我硬着头皮喝了那难喝的水，还好考试没有拉肚子。最后考完比我预想发挥得要好。当时花两万元钱可以上一所更好的大学，然而我家里条件不好，欠了外债，两万元在二十年前可是天文数字。妈妈十分为难，一方面很想我能上更好的大学，另一方面确实没钱。现在回想起来，从那时候起，我就表现出惊人的良好心态。虽然我也很想上更好的大学，但还是主动跟妈妈说，不用去花这个钱，在我现在这个大学里，我还是人中龙凤，最后，我是以第一名的成绩，进了我所在的大学、最好的专业。也许，对于这个人生的转折点，妈妈没有给我提供条件，她一直在自贵；也许，进入一所更好的大学，我认识的人、接触到的事情会不一样，得到的机会会更多。但是，人生没有也许，选择了，就需要去承担，路是自己走出来的。

我来自小县城，我的家庭条件在当地属于中等，我所读的高中非常难考，是当地最好的。现在我很多的同学已经在自己的领域里独当一面，定居在世界各地。我是亲眼看到他们通过高考这条跳板，走向了世界。如果就出身，看到面朝黄土背朝天的父母，你无法想象外面的世界是多么的精彩！高考，对于贫贱子弟来说，的确是现在唯一相对公平一点的出路。

之前有人在鼓吹学习没有用。某知名大学出来的学生照样卖猪肉，没有上过大学的人照样当了老板赚大钱。他这是在混淆概念，把个体事件当做群体规律。在我的身边，多数是学习成绩好的同学，各方面能力都比较全面，后来发展也顺利一些。学生时代学习成绩好，至少证明你的学习能力强，这种能力，蕴含着勤奋、专注、思维活跃、自律等优秀的品质，是可以运用在各方各面的。在什么年龄阶段做什么事，学生时代，学习当然是头等大事。

谨以此文献给正在高考中的莘莘学子，你们辛苦了！未来的路还很长，请一步一个脚印，踏实走好每一步！

离家出走的孩子怎么破

压死骆驼的绝不是一根稻草。

冰冻三尺非一日之寒。一个问题的产生、发展最终爆发，是有一个漫长的过程的。如果在爆发前的任何一个时期警醒，干预，这个问题可能就会被化解掉。

如果十几岁的孩子离家出走，多数情况并不是孩子一时的心血来潮。在她的心里，对父母极度的不信任，不顾及父母的感受，说明亲子关系恶劣，到了崩溃的边缘。离家出走，意味着离开父母的庇护，离开熟悉的环境，对于孩子来说是极大的挑战，从孩子的内心来说，是非常恐惧的。那为什么在这样的情况下，孩子还是决定走出那一步？可想而知，孩子心中的伤痕有多深，想想都心疼。

离家出走前的预警信号。

不愿意和父母沟通；不愿意和父母分享学习、学校、同学间的事情；遇到困难宁愿找他人也不找父母求助；看上去心事重重，询问也不愿意说，而且非常烦躁，态度不好。

不配合，父母说什么都不听，让做什么非不做什么，哪怕那件事情是自己本来想做的，但只要是从父母口中说出来的，就为了反对而反对，不去做本来自己愿意做的事情。

语言中流露。吵架时说出"你们不爱我、不关心我，你们不生我就好了，我不在你们就清净了"这样的一些暗语，其实孩子已经在暗示父母，不要推开我，快快抱紧我。

当孩子出现了以上情况的苗头时，作为家长要警醒，不能再继续用之前的方法教育孩子。首先要做的是自我反省。孩子的问题就是家长问题的反映，根源还是在家长身上。这个时候的家长必须调整自己，或安抚、或让步、或改变环境，需要重新获得孩子的信任。

满足孩子一个长期没有得到满足的合理的愿望，比如一套期盼已久的书，一次长途的旅行，一场演唱会，甚至是一部想看的电影，让孩子看到你的改变，你对她的尊重和理解，从而触动她敏感柔软的内心，慢慢敞开心扉。

和孩子一起制定家庭规则，而不是用家长的权威独断专行。家是你的，也是孩子的，是你们共同的，需要一起去维护和建设。而且，有孩子的参与，她在情感上认为是自己的决定，会更认同一些。规则一旦制定，大家就需要共同遵守。言必行，行必果。

树立威信，但不是以大欺小。身教永远大于言教。只有令孩子从心底里认同你，你说的话，发出的指令，孩子才愿意去照做。特别是十几岁的孩子，正是价值观、人生观、世界观慢慢形成的阶段，常常会表现得好像很有主意的样子，这个时候，她太需要正确的示范和引导，对她的未来有深远的影响。

育儿难，育好更难！既然选择了做父母，就对孩子负有不可推卸的责任。要相信，付出终会有回报，做对的事情，一切交给时间去验证。

学习的意义

期末考试前一天，放学的路上，乖宝对我说："妈妈，我感觉明天考不了双百分。如果没有得双百，你是不是不高兴呀？"我把乖宝揽进怀中，摸着她的头说："分数是检验你这段时间学习知识的掌握程度，分数不是最重要的，重要的是你学到了知识，并从中找到了乐趣。主动学习，爱上学习，不断地丰富自己，可以过有选择的生活。"

读到一篇文章，里面写到关于学习的意义的几个观点，感觉很有意思。

系统的关于天、地、人的知识。我们生长在应试教育的年代，从小学到高中都是为高考做准备。主要学习所谓的主科 —— 语数外物化地生，其他科目不是被占用就是一带而过。由于我当时选的理科，地生也几乎没有学。读大学后，所学的科目都是围绕着专业，语文这门最需要继续的学科，反而没有了。学得越多，越感觉知道的不够。用得最多的是语文、英语、数学中的最基础的部分。很多学过的知识仿佛用不上，慢慢地遗忘了，那是不是就不用学习这些了呢？其实，学科与学科之间，这个知识与那个知识之间，是融会贯通的。想想在最能学习的时间，很多如生理卫生、音乐、地理、生物这些知识没有系统地学习，现在需要花更多的时间补课。说出来好笑，我是个路盲，到现在东南西北还搞不清楚。通过学习，开始把人、物、世界联系起来，形成独特的人生观和世界观。

知之为知之的求真务实态度。知道得越多，涉及的范围越广，越发现未知的世界浩瀚，人类是无比的渺小，越不敢打诳语。谨言慎行，正确表达自己知道的内容，对无知的领域，不随便下断语。我们都参加过考试，你认为是考 90 分容易还是考 0 分容易？排除一个字不写这样的白卷，其实，要考到 0 分，需要你有考 100 分的实力，只有知道每道题的答案，你才能保证答错呀。时刻保持空杯的心态去学习。

快速学习一切陌生学科的能力。所谓技多不压身，学得越多，越对自己有信心，越对未知的世界不害怕，敢于尝试，敢于挑战。知识储备多，基础牢，新知识，新学科也会更快上手，不怕不会，就怕不动。学习最终形成学习力。

项目管理。要达到一个预定的效果，需要一个有吸引力的活动。前期的人力、时间、金钱成本如何，物料的准备；活动中间的流程、人员、互动；活动后的跟进、总结、效果评估。当知识结构完整时，全局掌控力更强，效果更好。

合作。老生常谈的话题，但又不得不提。学习让人谦虚，知道自己的能力远远不够，需要和人合作，各展所长。没有完美的个人，但是有完美的团队。

人都是要死的。这是每个人都知道的常识。但是在 30 多岁的年纪，就可以看到这一点，理解透这一点的人不多。之前一个 20 多岁的小同事向我抱怨，找一处合适租住的房子多难多难，合租的朋友多么多么不好伺候，自己怎么怎么没有时间去处理这些事情。希望获得我的同理心，同情她的境遇。我只说了一句，在我的眼里，除了生死，一切都是小事。套用一句很俗的话，能用钱解决的事情都是小事情。并不是我多么有钱，只是对金钱不是那么地看重，相信自己罢了。父母年纪慢慢大了，步入老年。以前他们提到身后事时，总是很难过，安慰他们，让他们宽心。现在，我可以坦然和他们谈论，每个人都会最终走这条路，这条路不是终点，是另一条路的起点，那里有很多亲人在等着我们，是久别的重逢。乖宝一次突然问我，人是不是要死的，她是不是也要死，她很怕死。我微笑地告诉她，是的，人都是要死的，你也一样，不过，那个时候，妈妈已经在等你了，还是一样会陪着你。

学海无涯，学无止境。学习的意义在于，当你走遍千山万水，读遍万卷书，识人无数，最终还能做自己。

原生家庭对一个人的影响

一次偶然的机会，和一位朋友进行了深入沟通。她年少离家，一个人去沿海一带闯荡，现在算是衣锦还乡。虽然给予娘家很多经济上的支持，但娘家人对于她在外面一直耿耿于怀，希望她在身边照应。而且，父母的想法，沟通的方式，她已经无法接受，在一起常常话不投机半句多。她对原生家庭不太认同。

我们都是在一个家庭中出生，长大后，成立自己新的家庭。出生的家庭就成了我们的原生家庭。近年来，心理学家们对于原生家庭对一个人的影响做了深度的剖析。简单来说就是原生家庭优秀的，孩子优秀；原生家庭有问题的，孩子会存在这样那样的缺陷。对于这个说法，我是很认同的。

都说家长是孩子的第一任老师，并且是最重要的老师。身教重于言教。孩子的行为习惯，想法行动，潜移默化中受父母的影响。每一个熊孩子的背后，都有一个不作为的环境。

一旦在原生家庭中形成的坏习惯养成了，还能改掉吗？答案是可以的，但估计要付出两倍、三倍甚至更多的决心和精力才可能扭转。就像吸烟的人戒烟，仿佛比杀他还难受。都说老年人容易固执，还不是多年的习惯已经形成，无法再改变。在我们的身边，能成功改掉坏毛病的人少之又少，需要超强的毅力。

每个人都会来自原生家庭。父母是无法选择的，幼小的孩子无法鉴别行为习惯的好坏。当我们逐渐地长大，学习的知识和接收的信息越来越多，开始形成自己的三观。当发觉原生家庭对我们产生了不好的影响时，要果断离开那个环境，再想办法去引导父母的改变。正如我们知道了自己的缺点，就需要努力去改正，而不是怨天尤人，虽然改变非常痛苦，但比起能过更好的人生，后者还是更有吸引力一些吧！

原生家庭不能选择，未来的生活是可以掌握在自己手中的，就看你有没有这个想法和决心，共勉！

子女教育

吃饭的钟点，邻桌6号台来了一大家子，由于6号台靠着屏风，所以一边是一条沙发，一边是两把椅子，剩下一边作为过道，不坐人。最先坐上沙发的是一个壮实的小男孩，8、9岁的样子，圆圆的大眼睛闪闪发光，卧蚕眉、小寸头显得十分精神。"你出来坐，出来，我和你家家坐里面，方便照顾妹妹。"一个抱着婴儿的女士不耐烦地说。显然，这位女士是小男孩的妈妈。小男孩明显很喜欢沙发的位子，不愿意坐椅子，虽然妈妈已经发出了指令，但小男孩纹丝不动，稳坐钓鱼台。"跟你说话听见没有？快点出来，快点！"突然身后响起暴躁的呵斥声。连我这个坐在旁桌的人也被吓了一跳。小男孩的惊吓可想而知，连滚带爬地跑了出来，怯生生坐在了外面爸爸旁边，至此，他们一家5口人正式落座了。

点完菜，这家的爸爸又加点了几种饮料，于是命令小男孩去拿4个喝饮料的杯子。小男孩听话地去了，过了三分钟回来了，告诉爸爸，都是别人喝过的杯子，没有干净的杯子。"怎么可能呢？这点事情都做不好，肯定有干净杯子，看看别人。"妈妈边说着边把目光投向我们手中的杯子。"再去拿！"爸爸暴跳如雷。小男孩低眉顺眼地走了，又过了几分钟，确实拿回了四个干净的杯子。

接下来的时间，他们桌上的菜一个接一个地端上来，估计有上十个，满满一桌子都有点摆不下的感觉。"你怎么只吃这一个菜呀？爱吃的吃个死，不爱吃的死不吃，哪来的营养呀？"爸爸又开始数落起来。家家连忙打圆场，"来，这个菜很好吃，尝尝、尝尝。"妈妈的不耐烦，爸爸的暴躁，不到半小时的时间，轮番轰炸了 4 次。我要是这个小男孩，这顿饭也吃不下了。

从这个小男孩的状态来看，他们家的条件估计是不错的，他曾经可能也是被爸爸妈妈、爷爷奶奶、家家家爹捧在手心上宠爱的。现在为什么鼻子不是鼻子，眼不是眼地被爸妈嫌弃呢？原因可能在他妈妈抱的那个婴儿 —— 他的小妹妹身上。他们家的关注点全部转移到了他妹妹上了，但凡他有一点没有顺着父母的意，就被定义为调皮，他这个年龄可正是天真活泼，有自己的小主意的时候。试想一下，他的心理落差会有多大？他会不会把这些账都记在他无辜的小妹妹身上呢？谁也说不好。

国家讲求公平，家是国家最小的单位，当家里不再是一个

小孩子的时候，孩子间的公平尤为重要。绝对的公平是理想主义，是不存在的，但相对的公平还是非常重要的。就像上面那个家庭一样，父母的那种改变，会在孩子心里埋下怎样的种子，又将对他未来的发展产生怎样的影响呢？这些，都是我们应该去思考和完善的。

特 别 的 你

TE BIE DE NI

静老师

名字重要吗？名字当然重要。我是"吴静"，口天"吴"，安静的"静"。向新朋友，我是这样介绍自己。我无数次思考过，这样的介绍是不是太过于清淡，别人很难记住我。曾经，我也试图改良我的自我介绍，用的《西游记》中三师弟沙僧的法号"悟净"的谐音。这个"悟净"的梗，是一位同学的爷爷提出来的，一位幽默、风趣的老者。

那时候，我经常去同学家玩，我一去，这位爷爷就高声报幕，"沙师弟来啦，沙师弟来啦。"我丈二和尚摸不着头脑，什么沙师弟呀？爷爷哈哈大笑给我们解释，同学已经笑得前俯后仰，我才恍然大悟。看吧，从小我就是这么后知后觉。多少年过去了，后来，从同学口中得知，这位幽默的爷爷已经去世了；后来，得知这位爷爷原来是位德高望重的学者。关于"悟净"的自我介绍，我也给新朋友讲过几次。为了增加我那重灾区的幽默感，我甚至对着镜子训练自己，把这个梗讲好。然而，怎么讲，都达不到爷爷的效果，新朋友最多也是礼貌性地配合"嘿嘿"两声。还是回归我的口天"吴"，安静的"静"吧！虽不独特，至少说得自然。看吧，我就是这样一个没有存在感，寡淡的人。

乖宝正处在一个对什么都新奇的年龄，是行走的"十万个为什么"。她最近迷上了脑筋急转弯，成天挑战我这个榆木脑袋。在我工作时，突然出一题；在我看书时，突然出一题；在我做饭时，突然出一题；甚至在我上厕所时，突然出一题。十有八九我都憋红了脸，答不上来。看着我着急样，乖宝得意地告诉我答案。好吧，原来是这样，我们哈哈大笑，又有话题跟别人讲了。曾经，我的一位学生对我说，你的名字里面的"静"非常适合你，沉稳、大气，不像"芳"那么平常，也不像"娜"那么热闹，我以后课堂上叫你老师，私下叫你"静姐"吧！那时候我刚刚大学毕业，在大学里任教，比我的学生也大不了两岁。被他这么一说，我的名字还有一点特别，好吧。

你的初心是什么？你想改变什么？你想做什么贡献？你想留下点什么？最近在看董卿的《朗读者》。第一篇老舍的《宗月大师》就看得我热泪盈眶。老一辈人读书不易，争取到一点资源不易，所以有一点光就拼命抓住。现在的孩子太幸运，太容易得到，大多不珍惜。我怀着敬畏的心情，在课堂上给孩子们朗诵了《宗月大师》，不能确定孩子们听进去了多少，不能确定在他们的人生路上，会不会记得有这样一位静老师，在一个静谧的夜晚，怀着无以言状的心情，为他们朗诵。这些都不重要，重要的是，我做了这件事。我做了我认为对的事。

侠女

高考过后的那个暑假，稿纸、试卷、书本的碎片如漫天白雪飞下。我一口气读完了金庸先生的"飞雪连天射白鹿、笑书神侠倚碧鸳"，古龙先生的《萧十一郎》《绝代双骄》《浣花洗剑录》以及梁羽生、卧龙生的武侠作品，书名多数记不得了。

二十年过去了，这些武侠作品的名字都记不全了，里面的人物更别提了，主角都不一定记得，但是，侠肝义胆的精神，植根于我小小的身体里，生根发芽，不断壮大，影响了我接下来的人生。

侠之大者，侠肝义胆、为国为民。在我的心里，"侠"是正义的象征，是除暴安良、不畏强权、只做正确的事。随着年龄的增长，我慢慢发现，最难的是怎么界定"正确"。一千个人眼中有一千个哈姆雷特。有些事情，没有对错，大家都是对的，只是角度不同。

最近听到一种关于"侠"的新说法，颠覆了我以往的认知。"侠"从造字的角度，可以看成是"人"＋"夹"——侠是夹缝中的人。

我们每一个芸芸众生，又何尝不是在夹缝中求生存呢？不断升级打怪，希望超越固有的阶层，实现自己的价值。

"侠"在胸中。

世界上最搞笑的妈妈

"你 —— 是 —— 世 —— 界 —— 上 —— 最 —— 搞笑 —— 的 —— 妈妈！"

既不是高大上的温和、美丽、慈祥，也不是矮丑挫的讨厌、可恶、麻烦，而是百思不得其解、褒贬不一的搞笑。5 岁的乖宝冷不丁地丢出这么一字一顿的一句话，让我摸不着头脑。不管怎么样，在她的字典里，我还上了世界之最，先往好处想吧。孩子她爸听到了，忙凑过来讨好地问："那爸爸是世界上最什么呀？"乖宝看着爸爸，半天憋出一句话："可以不说吗？"她爸一脸失望，识趣地走开了。孩子的感情是最真实的，毫不掩饰，看来，她给我的搞笑是个褒义词，心中暗喜！

"乖宝，跟妈妈说说，为什么我是最搞笑的妈妈呀？""因为看到你就想笑呀！"没有比这句话更好的赞美了！

妈妈这个职业没有经过任何实习，直接上岗，而且一干就是终身，不能跳槽，没有休假，甚至不能请病假，还没有收入。然而，女人们前赴后继，争相上岗，不得不从心底里敬佩妈妈们的勇气！从怀着乖宝开始，就对她充满了好奇与期望，真的有一个小生命存在吗？她会长什么样呢？她会喜欢我吗？无数个问号在脑中旋绕，每天都会产生新的。伴着她一天天长大，我也在不断地成长。

颠覆传统的观念，我要和乖宝做朋友。从她两岁，能够简单表达自己的意愿开始，我就把她当成一个"大人"来对话。任何事情，我都会征求她的意见，然后再决定怎么做。很多时候，她并不清楚我在和她商量什么，但她会很开心地按照我的想法去做，因为我"尊重"她了，她同意了，虽然她还不知道"尊重"是什么意思。

随着年龄的增长，有时候，她的想法天马行空，只要不违反道德和法律，我从来不否定她，会和她一起畅想，如果实在不能实现，就想办法引导到其他事情上，还好，这个年纪的孩子关注点是很跳跃的，能瞬间转移，叹为观止！这种"朋友"教育法，是我最引以为傲的，虽然碰到了重重阻力，但所幸，在我的教育下，乖宝茁壮成长，比同龄的孩子更加乖巧懂事，更加会心疼我。虽然现在很多教育专家说，要发展孩子的个性，不能像小绵羊太听话，但中规中矩如憨牛简单的我，又如何能养出猛虎呢？只要她独立自信、乐观向上、身体健康就足够了！

世界是由一个一个小家组成的，一个家的核心就是妈妈，一个民族的伟大就需要妈妈们的用心。少年强则国强！当每个妈妈都能做好自己的分内事，培养出优秀的下一代，国家将会越来越繁荣、越来越文明、越来越富强！

我将继续扮演"搞笑"的角色，为你，我的乖宝，带去欢声笑语，让你的童年五彩斑斓，能够健康成长为国家的栋梁之才！

让我自己回家

从公交车上下来，乖宝郑重地对我说："妈妈，从这里开始，让我自己回家，好吗？"乖宝刚八岁，听了这话的我一愣，但很快回过神来，微笑着点头。

为了配合她的计划，我刻意地放慢了脚步，让她先走。看着她渐行渐远的背影，丝毫没有回头的意思，多少有一点惆怅，但也藏着一份坦然。孩子在慢慢地长大，她是一个独立的人，终究情感上要分离。转过一个路口后，乖宝彻底地消失在我的视线里。

让她独自走，说实话，我是不放心的，心中各种可怕画面在放电影，面上还要装作波澜不惊。快速扫描后，我的紧急措施是让她戴上定位手表，一则我可以监控她的行踪；二则如果碰到紧急情况，她可以报警和打电话；三则离家里距离已经不远，况且我还跟在后面。由衷地感叹，做家长可真不容易啊！

虽然做好了准备工作，但当乖宝真的离开视线，心还是收紧了。匆匆赶到转角，一个小红影子一闪，冲我一笑，跑开了。终究是还小，胆子不够大，前面强撑着没有回头，在这里静静等候，瞬间释然了。乖宝对我还有无限的依赖。下一个场景是在电梯上。明明我赶上来了，她却坚持一个人上电梯，把我关在外面。当我按下电梯按钮准备上去时，她已经到了家的楼层，却没有下电梯，电梯门再次开的那一刻，我俩一对视，乖宝就哈哈大笑，她的小计谋得逞了。

　　想独立，自己行事，但又有些许的害怕，这是乖宝现在的心理吧。在我们幼年的时候，可能也经历了这样的阶段吧。值得庆幸的是，乖宝碰到了一位好妈妈，愿意无条件支持她，陪伴她。包容她的小任性，配合她的小计谋。谁说这又不是成长呢？相信乖宝的康庄大道已在不远处。

有这么一个人，让我如此奋不顾身

自从你的出现，我知道，从此，我无法 100% 做自己。

十一亲人团聚的宴席上，突然一声巨响，一位长辈喊了一声："泥石流！"顿时，大家慌做一团，纷纷往楼下跑。由于大人、小孩是分开坐的，我的第一反应不是逃命，脑海里只有一件事，乖宝在哪里？快速跑向角落，拉着乖宝向外跑。还好是虚惊一场。泥石流从山上滚下来，把窗户都封住了，最后被建筑物挡住，没有酿成大祸。事后我们笑称，这是我们吃得最惊心动魄的午餐，可以吹牛大半年了。大家用幽默的方式来缓解，其实都是心有余悸，毕竟，刚刚经历了生死关头。

把乖宝抢出来，大家才发现，她的手里还端着碗筷，纷纷找笑点。乖宝后来说，自己是懵的，不知道发生了什么事，就被我拉着拼命跑。我告诉她，当时我就差把她扛在肩上了。如果泥石流真的冲进了餐厅，找她的时间，错过了逃生的时机，也许我们都逃不出来。但是，如果再重来一次，我还是会选择去找到乖宝，任何时候，我不会丢下她。

记得有一次，公汽开在长江二桥上，乖宝看着滚滚江水，突发奇想，说自己如果掉到江水里去怎么办？我说会跳下去拉住她游上岸。她又说，她不会游泳，没有力气怎么办？我说我会背着她游上岸。她说如果我没有力气怎么办？我说不会的，我一定会保护她的。乖宝没有再继续问了。我和她心里都明白，如果掉到水里，只能憋一口气，游几米的我，自己和乖宝都救不了。但我想表达的是，有我，你就放心，我永远在你身边，只有你，能让我如此奋不顾身！

我想对您说

亲爱的妈妈：

　　您好！

　　我是一个不善于表达的孩子,有一些话我一直藏在心里，没有对您说。不过今天，我要把我想说的都说出来。

　　在生活中，您是我的妈妈，更是我的朋友。遇到困难时，您给予我鼓励，给予我信心，和我一起面对困难，战胜困难。

　　在学习中，您是我的老师。在我遇到难题时，您总是耐心地教导我，帮我理清思路，找到方法，和我一起享受攻克难题的喜悦。

　　每一次我做了错事，您都不会打我，骂我。您知道那样是不对的,所以每一次都和我谈话。您非常信任我，相信我是个乖孩子，相信我听了您的话后不会再犯相同的错误相信我一定能做好……我可以说，不，我可以自豪地说："我妈妈从生下我的那一刻起，一直到现在，她没有打过我一次！"

我从小患有湿疹，所以手很爱出汗，每天写作业我都要拿一张纸压在手下面，以免让本子打湿。如果只是这样也还好，可医生说我不能吃牛肉，一吃牛肉手就会又痒又痛。医生的这句话意味着我今后不能吃牛排，可我是多么爱吃牛排啊！那些日子，我非常伤心，可您那一天对我说，为了我，您也不吃牛排了，您的这句话，让我非常感动。于是，我便不再去想它，快乐的日子又回来了。

妈妈，谢谢您鼓励我，信任我，帮助我。我永远爱您！

您最亲爱的女儿：刘凤歌

2019年11月17日

193 ▶

给女儿的回信

亲爱的女儿：

如果没有记错的话，这还是你第一次正式给我写信吧！听你对我说的话，突然有一种"鼻子一酸"的感觉。

你的降临，是老天爷送给我最好的礼物！陪伴你这个小天使成长的每一天，我都无比快乐。

记得你第一次叫妈妈，是三个月的时候。当时我抱着你，第一声"妈妈"，非常清脆、响亮。我一机灵，不相信三个月的婴儿能说这么清楚。接着，"妈妈，妈妈"又接连叫了两声。我可以确信，是你这个小天使发出的爱的呼唤。当时的我，初为人母，第一次听到"妈妈"这个称谓，是多么欣喜若狂啊！我向家里人说你叫了妈妈，他们善意地回答，三个月的婴儿还不会说话，是你的幻觉。我向身边的人说你叫了妈妈，他们笑笑

说："好好好，你的孩子最聪明，以后会叫得你烦的。"虽然接下来的七个月中，你再也没有说出清晰的字词，但是，我确信，你三个月的时候，的确叫过我三声妈妈。因为第一声我猝不及防，但第二声、第三声，是我看着你的眼睛，从你蠕动的小嘴中，

清晰发出的。你十个月开始，正式可以说简单的字、词，学会了人生中最难的第一件事——说话。

在你刚刚过一岁生日后，突然有一天，你自己摸索着扶着沙发颤颤巍巍地来回走了起来。站在沙发旁边的我，惊呆了，为你的成长欢欣雀跃。立刻向你伸开双臂，你欢快地一步一步向我挪过来，扑向我的怀抱。于是，你学会了人生中最难的第二件事——走路。

因为我一直工作比较忙，所以早早把你送去幼儿园。两岁多的你，可能是班上最小的同学。第一天去幼儿园，门口的幼儿有的哭天抢地；有的抱着妈妈的腿不撒手；有的表情凝重，"视死如归"。再看看你，跟我拜拜后，头也不回走进校门。放学来接你，刚往家里走几步，你又把我拖回幼儿园，要再玩一会才肯回家。

当你背着比你还大的书包，走进校门，只留给我一个坚定的背影；当你独自一人去帮我取回快递；当我出差加班，你能自己回家，独立完成作业，合理安排自己的学习、娱乐时间；当你乐此不疲给我当助教，我知道，你学会了人生中最难的第三件事——独立。

你已经学会了人生中说话、走路、独立——这三件最困难的事，相信你的未来，将一往无前。

谢谢你，让我成为母亲；谢谢你，让我学会爱；谢谢你，让我学会奋不顾身。

曾经我对你说过，我是你的妈妈，更是你的好朋友。你是一个独立的人，我们平等相处。有什么问题，我们可以一起讨论。谁有道理就听谁的。我会充分尊重你的意见，你自己的事情，尽量自己决定。

希望你成长为正直、善良、乐观、勇于接受挑战、对社会有所贡献的人。看到你一天天长大，越来越优秀，我非常高兴。我此生最大的愿望是你能开开心心过每一天。我最亲爱的女儿，请你记住：妈妈永远爱你！

你最亲爱的妈妈：吴静

2019 年 12 月 8 日

母亲颂

花儿赞美大地给予它滋润的泥土，云儿赞美太阳给予它多彩的天空，鱼儿赞美大海给予它博大的胸怀，我要赞美的是您——亲爱的母亲。

是您，用心孕育培养了我；是您，用蜡烛照亮我生命航帆；是您，在我悲伤时给我慰藉；是您，在我沮丧时给我希望；是您，在我困难时给我遮风挡雨的港湾。快乐着我的快乐，忧愁着我的忧愁。虽然，岁月的星斗，日落的夕阳，已深深地刻在您的脸庞，但是，谁也替代不了您在我心中的位置……您是我奋勇前行的支柱，您是我精神的动力，您是我永远的牵挂。

从我慢慢懂事起，您已经不再年轻。看得最多的，是您为生活奔波的身影，中华民族的传统美德在您的身上得到了最好的体现。在您的耳濡目染下，我渐渐成长为一名对自己负责、对家庭负责、对社会有贡献的人。

您是一位平凡的母亲，您又是一位伟大的母亲。您用平凡的双脚走过了七十年不平凡的路。您用平凡的双手弹出了生活的强音。人生是幸福的，因为您拥有一双儿女；人生是艰辛的，因为您需要哺育一双儿女；人生是漫长的，因为您要承担全家的重荷。七十年的岁月，脸上露出风雨沧桑；七十年的岁月，您"锻炼"出铮铮铁骨；七十年的岁月，抛弃了眼泪您微笑生活。人，生活在世界上拥有母亲最幸福；人，生活在世界上拥有母亲最骄傲。拥有母亲的家是安谧温馨的家，拥有母亲的家是充实完整的家。我和哥哥为拥有您这样一位母亲，感到自豪，感到骄傲。您为人厚道，待人热情；您处世公正，对人忠诚。儿女都看在眼里，铭记于心。

在母亲节这个特殊的日子，我们举杯同贺，共祝您身体健康。愿幸福与欢乐同在，愿儿女与您长相守。让女儿向您 —— 亲爱的妈妈，道一声，您辛苦了；让女儿向您 —— 亲爱的妈妈，说一句，妈妈，我爱你！

妈妈的针线

　　乖宝的美术袋提手处开线了一点，扔了可惜，继续用又影响美观。如果打个补丁上去，太显眼，比不缝补更难看。思来想去，需要整体修饰。本来是个小问题，倒是勾起了我的兴趣，摩拳擦掌，想大干一场。说做就做。找来一件乖宝小了的旧衣服，裁剪出一块，套在美术袋外面，正好挡住开线处，像穿了件牛仔裙，蛮洋气的。

　　针、线、剪刀，工具一应俱全，一字排开，准备工作就绪。虽然我爱好手工，但针线这门活计的确不在行。一针一线挺费工夫的。缝补了快一个小时，一面还没有缝好，中间还错了几针，拆了重新缝。事情往往是这样，看着挺容易，自己动手才知道个中滋味。

　　见我一个人折腾半天，乖宝好奇地凑过来一探究竟。当一段线用完，准备换新线时，乖宝热心地说："妈妈，我来帮您穿线吧！"我定定地望着乖宝的笑脸，时间仿佛回到了三十年前。

　　昏暗的白炽灯下，妈妈在给我缝补，具体是上衣还是裤子已经记不太清楚了，但肯定是衣服。在那个物资匮乏的八十年代，新三年、旧三年、缝缝补补又三年，实在是太平常了。我现在都和妈妈开玩笑，笑她总让我穿哥哥的旧衣服，我可是水灵灵的小姑娘呀！穿男孩的衣服，想想有多尴尬。但那个时代只有这样的条件。"来，帮我穿一下线。"妈妈轻声呼唤在她旁边静静观看的我。我轻松利落地把线穿进了针鼻孔里。递回给了妈妈。妈妈揉了揉酸胀的眼睛，慈爱地对我说："你想到我这样容易容易，我想像你一样难上加难。"当时的我心里暗想，还早着呢！

　　三十年过去了，妈妈的很多话我都淡忘了，但这句"你想到我这样容易容易，我想像你一样难上加难"时常浮现在我的脑海里。今时今日，命运的转轮仿佛回到了原来的地方。乖宝是那时的我，我是那时的妈妈。我们都在帮妈妈穿线。

我的父亲

在我的记忆中，父亲脸上永远带着微笑，非常和蔼、非常慈祥。用时下最时髦的一句话形容就是：天上飘来五个字，那都不是事！

如果说抱怨命运不公，那父亲是最有资格的。父亲从小命运多舛！十来岁父母双亡，和一个哥哥、两个妹妹相依为命。为了吃饱肚子，十几岁还没有枪高，就扛着枪去参军了，靠微薄的补贴养活两个妹妹。在部队里，响应党的号召，主动到最苦最累的钻井队工作，靠着一学就会的聪明和吃苦耐劳的精神，从一名无名小卒成长为领导几百号人的钻井队队长。虽然在那个偏远的钻井队就是我父亲一个人说了算，但出身贫寒的他从来不摆领导架子，哪里最危险，哪里最苦，他总是一马当先冲在最前面。一次执行钻井任务时，突发事故，父亲的战友站在

离父亲不到一米的地方，瞬间人就没了，父亲也受了重伤。母亲考虑到钻井这个工作实在是太危险了，强烈要求父亲转业。一向最听母亲话的父亲就这样离开了心爱的钻井队，复员到了地方，一个小县城里。从此开始了他简单、平凡的人生。

父亲平生有三大爱好：饮酒、品茶、赏花。我常常笑称如果父亲在古时候的话，一定是文人雅士。由于幼年家太贫穷，没有读多少书的父亲会对读书人心存向往吧！一天三顿，酒不能少，但也不多喝，点到为止；不管去哪里，茶杯不离身，坐下第一件事是先泡一杯好茶；顶楼的露天阳台上种满了各式各样的花，一年四季姹紫嫣红。

中国上下五千年，经历了各种变革，是个有历史厚重感的民族，大多数人都有较重的忧患意识。放眼望去，满眼是来去匆匆的人们，一脸漠然。急功近利、金钱至上成为很多人的信条，让人们迷失了人生的方向，忘记了生活的真谛！

工作压力大，婆媳关系紧张，孩子太小需要花很多精力照顾，年过三十的我几近崩溃。一次跟父亲的电话中，流露了一丝困惑，年过七十的父亲平静地说："这样累的工作不做也罢，带孩子回来，我还可以出去当电工，每月我给你发1000元零花钱。"要知道，父亲是靠1000多元的退休金生活的呀！听到这话，瞬间，我压抑的情感如火山爆发，泪如雨下。我没有任何理由退缩，既然生活不能让我如愿，我就要和命运死磕到底！

父亲的平和、包容、大度、豁达，抚慰着我浮躁悸动的心，让我在平凡的年代，成长成为对社会有用的人。我要大声对你说："爸爸，我爱你！"

父亲的苍老

在我的印象中，父亲健壮、温和、豁达，脸上总是带着微笑。不管任何时候向他询问意见，他的回答都是："好！"从来不质疑我的决定，对我无条件信任和支持。现在回想起来，我这么独立、这么自信，可能来自父亲的"不作为"。

年初，飞来横祸让一向硬朗的父亲倒下了。接孙子回家的路上，还是在马路牙子上，人群中，一辆车冲上了马路牙子，从身后撞倒了父亲，碾轧了父亲的脚，导致骨折。妈妈怕我着急，当时没有告诉我。当我慌忙火急地赶回家时，已经是第二天。躺在病床上的父亲，没有病人惯有的有气无力，反而和我们谈笑风生，连护士都由衷地赞叹他不像七十岁的人，祝福父亲快点好起来。父亲不断宽慰我们说没事，生怕我们担心。手术打钢钉后，每天打针，复健，一躺就是三个月。脚肿得像包子，打钢钉那么疼，年轻人都受不了，七十岁的老父亲硬是没有哼哼过一声。

七月份是武汉一年中最热的月份。父亲的脚也慢慢恢复了。我们提议带父亲母亲去薄刀峰避暑，散散心。我们一行五人驱车来到山脚下，顺着阶梯一步一步往上爬。当时气温接近四十度，闷热难耐，但一进山中，凉风习习，体感只有二十多度，非常凉爽，心旷神怡。薄刀峰的山比较陡峭，坡度达到七八十度，部分地区逼近垂直。我们爬着都显吃力，但父亲不仅自己气定神闲，还搀扶走不动的母亲。我不禁由衷地佩服父亲。脚伤还没有完全好，他当真不疼不累吗？不尽然，父亲只是忍着，不给大家添麻烦，自己默默承担罢了。到达顶峰的一刹那，蓝天仿佛触手可及，置身于棉花糖一样的白云中，风景这边独好，一切的辛苦都是值得的！

　　一波未平一波又起。父亲的脚伤刚刚恢复，年末突然的一场冬雨，导致了面瘫。我得知消息的时候，也是几天之后。到医院见到父亲第一眼，丝丝白发，口眼歪斜，流着涎水，静静躺在病床上打吊针。"苍老"两个字击得我心疼，我健硕硬朗的父亲呀，岁月多么无情呀！即便是这样，父亲仍然口齿不清地安慰我不用担心，正在慢慢好转。

　　父亲命运多舛，少年丧父丧母，十二三岁跟着路过村庄、看父亲无依无靠的部队去当了兵。也就是这样的劳苦出生和军旅生涯，练就了父亲坚毅的性格和与人为善的为人。儿时的我的眼里，父亲就是力量的象征。现在，父亲年纪大了，有些事情开始力不从心。做儿女的，能做的，就是多回家看看，多陪陪他们说说话。父母健健康康，幸福快乐地安度晚年，就是儿女最大的心愿！

发小

　　群里突然有人问我："可还记得你的发小？"看名字，似熟非熟，我不敢违心地说我当然记得，只能礼貌地请她给我发张照片，看能否勾起回忆。"不记得新建村了么？"当她说出这句话的时候，我的脑海中儿时的画面浮现出来。我出生的地方，怎会不记得？现在可以百分之百确定，她是我儿时要好的朋友，也能确定，我们二十几年没见了，不然，我不会印象这么浅。但简单的几句话，一个清秀、高挑、温柔的女孩子的形象，出现在了我眼前，仿佛回到了天真烂漫的童年。

　　我出生在一个小县城。那时候超过三层的小楼房都比较少，大多数，是和我家差不多的平房。门一打开，各家各户的小孩子都跑出来，一起跳皮筋、跳房子、捉迷藏……哪怕是一群人疯跑，也可以玩到天黑才回家。小孩子们之间很容易混熟，成为朋友。我和刘同学是邻居，自然成了好朋友。每天吃完饭，拿个苹果去她家约她一起上学，放学回家一起做作业，玩游戏。时光静静流淌，平淡而满足。后来，由于我搬家了，然后各自又就读不同的学校，那时候没有 QQ、微信、手机、邮箱等联系的工具，就慢慢地失去了联系。现在想想，很多儿时的朋友都丢失了。

这次，因为同学群里发布的一首《同学颂》，引发了我们的回忆，下面是原文。

同学颂

王蒙

找一个理由，和同学见一面，不为别的，只想一起怀念过去的岁月，一口老酒、一声同学，热泪盈眶。

找一个理由，去和同学见一面，不管混得好还是混得孬，只想看看彼此，一声同学，一份关切，情谊绵长。

找一个理由，去见一见同学，时间一年又一年，青春已逝，年华已老，一声珍重，一句祝福，感同身受。

找一个理由，去见一见同学，这是我们最信任的人，用碗喝酒，大声唱歌，一声兄弟，一生朋友，地久天长。

有同学在的地方，无论是闹市还是乡村，都是景色最美的地方。大家坐在那里，说着过往，拍着胸膛，搂着肩膀，如同看到了彼此青春的模样。因为同学，让我们找到了过去的万丈光芒。

有同学在的地方，无论是大鱼大肉还是小菜小汤，都是让人沉醉的地方。你我端着酒杯，不说话，头一仰，全喝光，那种感觉只有你我能够品尝。因为同学，让我们忘却了工作的繁忙和慌张。

同学是前世的债，这世的情，常来常往，格外芬芳。

有同学在的地方，就是景色最漂亮的地方。

刘同学，机缘巧合，你找到了我，我寻回了你。有什么事情能比这更欢欣雀跃的呢？一别二十多年，想到即将到来的会面，心潮澎湃。相同的年纪、相似的出生，来自同一个地方，朋友是会陪你走到最后的亲人。岁月从不负有心人，我们会生活得越来越好！

范姐

　　有的人，认识一辈子，也就是个点头之交；有的人，第一次见面，就一见如故，相谈甚欢，不忍分别。范姐就是这样一位相谈甚欢的大姐。

　　考虑到孩子上学近点的原因，需要在孩子学校附近租房子。经朋友介绍，认识了范姐。当我看了朋友发过来的房子图片时，满意了八分。心想，没有特别的原因的话，就是它了。当为了了解具体情况，见了房东范姐后，百分之百满意，当即拍板。茫茫人海中我们因房子结识，缘分啊！

　　虽然前后只见过两次面。但一次比一次印象深刻，一次比一次感觉更好！第一次约见是为了看房子。大大的眼睛，满是柔情。和善的脸庞，樱桃小嘴，一开口，声音柔和清亮，沁人心脾，整个人都酥了。女人似水在范姐身上得到了良好的体现。女汉子的我恐怕是这辈子也学不会的。

　　第二次约见是为了签订租房合同。刚拿了快递准备进门的我，肩膀被轻轻地拍了一下，大家肯定猜到了，是范姐驾到。合同中方方面面征求我的意见，给我提供方便，就这样我们非常愉快地合作了。

为了感谢唐姐、范姐的帮助，让我能租到称心如意的房子，我两次都提出请二位大姐吃饭，聊表感激之情。但两位大姐怕我破费，每次都婉拒了。以后机会还有，再见亦是朋友。

不得不提一个印象深刻的场景。范姐来两次，都碰到了以前的老邻居，一位带宠物狗的老伯。看得出他们关系很好，老伯的宠物狗也认识范姐，喜欢范姐，在范姐怀里非常乖。他们聊得停不下来，虽然因为范姐搬离，有些日子没见，但多年好友的感情一目了然。温柔、善良、优雅的范姐自带气场。

在范姐的朋友圈里，经常可见她陪老母亲出游的画面。春暖花开，蝶舞蜂飞，到处都是一片温暖、祥和的景象。财务自由，时间自由的范姐，活跃在世界各地，享受人生。岁月静好也不过如此吧！

最近看到一个公式，感觉挺有意思。1.01 的 365 次方约等于 37.8；0.99 的 365 次方约等于 0.03。如果把人的每一天看做 1，每天进步一点点，哪怕是 1%，一年 365 天后，成绩将放大 37 倍；反之，如果每天退步一点点，哪怕退步 1%，一年 365 天后，仅剩下之前的 3%，细思极恐！在这个不进则退的时代里，退步意味着灭顶之灾。

范姐有今天的成就，绝非一朝一夕得来的，必定和她曾经的努力分不开。现在时间自由，财务自由就是胜利的果实，是我等后辈的楷模，积极行动，向着目标进发，每天进步一点点，过美好的人生！

有人在偷偷地帮助你

今天，突然得到一个好消息，我阳台上的花都长得好好的。两个月了，两个月了呀，以为它们都离我而去了，还特地写了一篇《等着我》来缅怀它们。没想到，我善良的好邻居，在这由于封闭我无法回家的两个多月期间，她默默地帮我心爱的花浇水，让它们蓬勃生长。

认识唐姐，是在羽毛球馆。唐姐的儿子和乖宝是上同一个羽毛球班。由于接送孩子，等待孩子下课的时间聊聊家常，一来二去，就慢慢熟悉了。别看唐姐和我年龄差不多，可她的大女儿已经上大学了，小儿子和乖宝一个年级，真是一步领先，步步领先呀！羡慕得不要不要的。

由于乖宝学校离家太远，在坚持跑了三年后，实在受不了，决定在乖宝学校门口租房子，方便乖宝上学。唐姐正好住在学校对面，热心快肠的她知道我这个想法后，积极在小区里面询问，帮我找房子。终于功夫不负有心人，在唐姐的帮助下，我找到了合适的房子，顺利地成了唐姐楼下的邻居。

远亲不如近邻这句话说得太对了。唐姐心灵手巧，里外都是一把好手。家里有银耳汤、水果、鸡汤这类好吃的，经常给我们送一份。平时有什么问题，只要吱一声，唐姐二话不说，立马提供超值服务。就像这次给花浇水，我怕麻烦唐姐，没有拜托她，她自己主动帮我浇水了。眼里有活、心中有爱。我何德何能，能遇到这么善良的唐姐。

唐姐出生在并不富裕的农村家庭。由于是女孩，成绩优异的她没能获得继续上大学的机会。好强的她，虽然早早走上社会，但碰到任何困难都积极面对，做什么像什么，做什么会什么。从最初的一点点打拼，到现在拥有了自己的公司。好人品、好人缘是少不了的。

人间自有真情在，人间自有真善美。这次突如其来的危机，给人们晴天霹雳的同时，也给人们上了一课。对于我们来说，什么是最重要的？珍惜现在，珍惜眼前人。每一个不辜负的现在，才能构成美好的未来。总有人在偷偷爱着你！

奋斗

今天这个话题，我想写写我身边的三位朋友，我们就叫她们小南、小兰和小凤吧！

先说说小南。她是我的大学同学，和我并列第一名进的同一个系同一个班。上课必坐第一排，下课必去自习室，文学爱好者，文章行云流水，观点针砭时弊。不要以为她仅仅是个书呆子，她还画得一手好画，标准的学霸。学生时代，感觉她积极上进，有共同语言，于是成了好朋友。后来对她越来越欣赏，是在工作以后。以她的条件，进一家理想的公司，问题不大，但她还是遵循了她家里人的安排，进了一家朋友的公司，可以看出她是乖乖女。虽然是朋友关系，但她仍然是从基层做起，不急不躁、稳扎稳打，两三年的工夫，已经做到了公司的管理层。她的人生伴侣也找到了，准备怀孕生孩子。由于她的爱人是军人，常年不在身边，无法照顾，她的身体不算好，怀孕不能那么高强度地工作，为了家庭起见，她毅然决然辞掉了这份辛苦努力成就的高薪高职位的工作，安心在家养胎。

一次我去她家里看她，她的书房里都是专业书，还有记录演算的草稿纸，一问才知道，她现在在家里复习，准备考专业证书。一般的孕妇都是吃喝玩乐，身边一群人服侍，她一个人，还在努力学习，提升自己。社会是公平的，成功从来都不是天上掉下来的。当孩子一两岁时，她把老人接来帮忙照顾，又重返职场。在一家小公司，从头做起，三年的时间，又做到了管理层，再次印证了那句老话，是金子，在哪里都发光。这时，新的问题又来临了，孩子到了入学年龄，长期和爸爸分开，和爸爸的感情非常淡，为了增进孩子和爸爸的情谊，她们一家决定去孩子爸爸的部队，随军意味着她将再次放弃现在好不容易建立的成果。这一次，她又作出了牺牲，仍然，她也没有依靠老公坐享其成，这个期间自己在家自修，拿到了画画专业的教师资格证，为以后的工作做准备。现在的她，陪伴在老公孩子身边，一家人其乐融融，假期游山玩水，享受生活。佩服这样的人，为自己的目标不懈努力，一个一个地去达成，相信她未来的生活，也将无限的美好。

再说说小兰。她是我在大学工作一个办公室的同事。开始给我的印象是做事认真、说话直接、不修边幅。做事认真没得说，肯定是对工作有益的，但说话直接难免会得罪一些人，特别是得罪领导就惨了。而不修边幅可是女孩子的大忌呀！她比我先到学校，死党有几个，不喜欢她的人也很多。我们是一个办公室的，很多工作有交集，成了普通朋友。后来因为各种各样的原因，我们先后离开了那所大学，真正友谊的加深，是在离开后。

后来才知道，看她平时爱憎分明、不修边幅、长相一般，原来她有一个青梅竹马、很稀罕她的富二代老公。老公家里有很多的产业，她邀请我去她家玩，进去后就像进了迷宫，记不清楚进了几个房间，用豪宅来形容绝不为过。可能是为了继承家业，她先后生了三个孩子，从学校离开后，她也偶尔打理打理家族生意，没有上班了。像这样的贵妇，在家养尊处优就行了，但她不是。那会一起在单位的时候，她除了工作，就是在闷头复习考研，我以为她是跳出农门的贫家子弟，也没见她的富豪老公天天送花、献殷勤。想她现在孩子多，肯定一门心思地带孩子，但她除了陪伴教育好孩子外，还抽空复习考证，为再次走入社会添加筹码。现在她的孩子慢慢大了，她自主创业，成立了自己的公司，在当地小有名气。不怕别人努力，就怕比你牛的人还比你更加地努力。不成功的人各有各的不足，成功的人都是一样的。

最后说说小凤。她是我在另一所大学工作时一个系的同事。我们是大学一毕业就进了这所大学任教，她是同期进入的几个女孩子中，家庭条件最好的，又是家里的独生女，优越感应该是很强的，但她没有。她非常温和善良，天生有副好嗓子，歌声悦耳动听，台风大气。就是这样一位可人儿，却命运多舛。谈了十年的男友终成眷属，却在半年后背叛，好不容易离婚了，前夫还不断地冒充各种人纠缠她。后来，她妈妈又被查出了乳腺癌，真的是屋漏偏逢连夜雨，祸不单行。很长一段时间，家里都笼罩在悲伤之中，家里、单位两点一线跑，苦了这个柔弱的女孩。婚姻生活的不幸，让她对自己开始怀疑。即便是这样，她也从来没有放弃，在她和她爸爸的照顾和鼓励下，她的妈妈战胜了病魔，恢复了健康。医学上有个界定，癌症患者如果能存活5年以上不复发，可以界定为康复。她的妈妈创造了这个神话。在生活遭受了重创后，她依然积极提升自己，在工作和照顾家人之余，努力学习，成功拿下硕士学位，现在在积极学英语，准备去国外读自己感兴趣的中文博士，为着自己的目标，排除万难，一步一个脚印地向前走。相信她未来将一帆风顺。

一直有一个愿望，就是能自己出一本书，写出自己的所闻、所思、所感，这也成为了我今天在这里码字的动力。我也是在为自己的将来奋斗哟，为我加油吧！

霍霍

　　一直想提笔写写霍霍，却不知道从哪里下笔。霍霍是我近年来比较喜欢的男演员。初识霍霍是仙侠剧中那个俊朗、担当的"白豆腐"。我是仙剑迷，当年烧机用的硬盘游戏是仙剑，也是非常经典的一款硬盘游戏，是我唯一打穿了的一款游戏。早已经不玩大型游戏的我，仍然对那款游戏念念不忘，一方面因为那款游戏让我不眠不休了一个星期，更多的是对那段青葱岁月的追忆和脑海中挥之不去的人，其中，就有霍霍。

　　在众多的演员中，霍霍算是不温不火的。没有绯闻，不上真人秀，为数不多的专访，也是给人稳重、踏实、温暖的安全感。从最开始的跑龙套，到演技被发掘，尝试男二号，现在已经是家喻户晓的当红男明星，想请动他演电视剧、电影需要排档期，必须是优秀的影视作品，他出演的作品，演一部红一部。

　　我专门去上网查询，霍霍来自单亲家庭，有些内敛，为人低调。开始给艺人做助理，后被星探发现，有英俊的外形和专注认真的素质，从幕后走上台前，开始了自己的演艺生涯。从他的事业轨迹，你会有惊人的发现，他并没有靠一部影片一飞冲天，而是一步一个台阶，不断向上。曾经一年出演 7 部影视剧，不眠不休连轴转；曾经武打场面亲自上，一个动作练几十次，落下严重的腰伤；曾经不接受粉丝的贵重礼物，教导粉丝要好好学习，注意安全。每一个瞬间，都透着专注、认真和积极、向上。所以，成功绝对不是一蹴而就的，是要不忘初心，知道自己想要什么，什么对自己才是最重要的，并且为自己认为重要的事情不断地努力！

　　我不是追星族，也不搞个人崇拜，他之所以能成为我笔下之人，是因为欣赏。霍霍，你的明天会更美好，看好你！

马二爷

没由来的，想写写马二爷。

我喜欢过几个演员，但并非追星一族。能入我法眼的演员，必须具备几个条件：长得好，工作努力，低调，最重要的是人品好。

初识马二爷是在刷一部喜欢的演员的电视剧中。霍霍演男一号，马二爷演男二号。现在想来，当时的马二爷刚二十出头，叫小马更加合适。剧中，小马演一名用毒高手，反串唱戏是他用来掩饰自己身份的手段。一出场，非常惊艳，当时感觉他是个好俊俏的男子。虽然那部剧是冲霍霍去的，但小马的演技让我眼前一亮。如此青涩的男孩，能把这个角色演得出神入化，一颦一笑百媚生。抱歉，这个词用在男生身上似乎不妥，但的确是当时的想法。我本对阳刚的男子更加感冒一些，唯独他，刚柔并济，我吃这一套。

此后，看小马的剧，主要看脸。不是说小马只有脸好看，他的身材其实也是一级棒的。1 米 80 的身高，标准的倒三角，估计还有马甲线和人鱼线，腹肌什么的，嘿嘿，这些有待考证哈。说看脸，不仅仅是因为英俊，更多的是面部表情的丰富，很好地诠释角色的情绪。能带着观众哭、带着观众笑、带着观众呐喊，让人融入剧情之中，这才是功底，才是敬业，才是水平。

如果说以前都是在影视剧中看到小马，那这次真人秀的综艺节目中的小马，会更加真实一些吧！在这里，看到了一个帅气、温暖、安静的美男子。很难把苦难和这样一个灵动的人儿联系在一起，然而，世事确难如愿。幼年丧母、父亲远走，贫穷、辛苦压在了他稚嫩的肩膀上，连最基本的上学都没能继续。小小年纪尝尽人间疾苦。在别的孩子还在父母膝下撒娇时，他已然明了一切均须靠自己。想想便满是心疼。倔强的小马不甘心一辈子生活在社会底层，过着面朝黄土背朝天的日子。毅然决然地走出家门，去闯荡自己的一片天地。都说经历可以让人成长。选秀中一炮而红，顺利进入娱乐圈的小马，绝非偶然。虽然成功需要太多太多的因素，但我从来不相信成功是偶然的撞大运。是你积累到一个点后，天时地利人和量变产生质变，最终成就了你。

真人秀让我见识到活生生的生活中的小马，而他本人的自传，让我能触摸他敏感脆弱的内心。缺爱的孩子，拼命努力，拼命对别人好，想赢得他人的关爱。从他的书中能感受到文采非同凡响。文字恬淡，娓娓道来，不动声色，又波涛汹涌。虽然少年失学，但自学能力很强，游走在世界各地，英语交流非常流利。真人秀中，带领姐姐们走过一个又一个的世界名胜古迹，谦谦君子也不过如此吧！

真人秀最后一天，节目组送上惊喜。当所有的人都得到了来自远方家人的祝福的时候，只有小马是粉丝为他助威。那一刻，他情绪崩溃，堂堂七尺男儿，泪水喷涌而出，几近哽咽，说自己心里好难过。电视机前的我，为之动容。懂事的孩子，心里最苦，我深有体会。

出道十几年，他评价自己只是一个演职人员，不是什么明星。这是他谦逊的修养。在我们心中，小马是一颗冉冉升起的明星，用自己的实际行动在照亮着他人，温暖着他人的心。希望这一路走来，你的心也慢慢温暖起来，过热气腾腾的人生。

祝福你，马二爷。

教师

三尺讲台，三寸舌，三寸笔，三千桃李；

十年树木，十载风，十载雨，十万栋梁。

桃李不言，下自成蹊。

教师在我们人生中的地位，可能仅次于父母。十几年最好的年华里，是和老师们一起走过的。成长路上，能遇到一位好老师，是我们的幸运！

在我小学的记忆里，常常会浮现一张慈祥的笑脸。上学路上，校园里，课堂上，无论在哪里，抬头遇到的，都是这一张笑脸，如沐春风。您可曾知道，您的笑脸，温暖了一颗幼小的心灵。

初中时，当同学家长都在忙着和老师建立关系时，由于爸妈忙于生计，不认识我们班的老师，甚至连我们学校也没有去过。记忆最深的，是一次下了晚自习后，老师来家访。我是先到家的，老师事先并没有通知我，当时看到老师，是晚上快九点钟，爸妈非常惊讶。我在班上名列前茅，应该没什么事情要老师亲自来找家长吧？老师和妈妈谈了些什么，我不在场。后来听妈妈说，好像是关于我的未来怎么规划。呕心沥血的老师呀！教好文化知识的同时，还关心学生们的将来。

高中用五个字来形容最贴切——痛并快乐着。高中三年，两不见天。早上 6 点出发去上早自习，天还没有亮；晚上 10 点下晚自习回家，伸手不见五指。那时候治安还是好呀！骑着自行车，念着"少年不知愁滋味；爱上层楼，爱上层楼；为赋新词强说愁。"在空无一人的小镇上，风驰电掣。每天的主要任务是上课、考试；上课、考试；上课、考试；考试、考试、考试……班主任黄老师，虽然是教数学，但是语言风趣幽默，将生涩的公式、符号用轻松的方式传递，课余时间和学生打成一片。偶尔和我们打打排球，踢踢足球，变着花样缓解我们高考的压力。最后我们班也不负众望，取得了较好的成绩！当高考最后一门结束时，漫天飘散下来撕碎的密卷、冲刺卷、真题卷，在宣告中学阶段的结束。

大学时有一位老师，长得特别像赵同学。那时候流行"我是一只小小鸟，想要飞，却怎么样也飞不高。"那种想破茧成蝶，野蛮长大之心呼之欲出。这位老师是标准的学术派，由于我特别爱提问，他的课学得挺好，他也特别关照我，有问必详细、耐心回答。后来听说他是教研室主任，完全没有架子。

春蚕到死丝方尽，蜡炬成灰泪始干。我非常的幸运，在求学路上，遇到了多位难忘的老师。毕业后，踏上社会的第一份工作，就是大学老师。之后自主创业，开办过培训机构，也在企业里负责过培训管理。可以说，从业近 20 年，我一直从事培训、教育工作。我的学生亲切地称我为静老师，我的同事尊敬地称我为吴老师。"老师"这个称号，已经深深地印刻在了我的生活里。

传道、授业、解惑。在今天教师节这个特殊的日子里，也希望我能成为别人难忘的老师，用一己之力，服务更多的人。

老马

老马不是一匹年老的马，是我的一位朋友。

也不知道这个称呼是怎么叫出来的，记得那时我们才二十多岁，有一天就这么叫了个"老"字，相视一笑，还感觉很亲切。在这个时尚大都市，我们用了最老气横秋的称号，却毫无违和感。这个是她的专利，以前没有人叫过，以后还不知道。

和老马认识是在 2007 年，我跳槽到一家新公司，培训的时候遇到了同样是新员工的老马。在同期的女生中，她的个子是最高的，年纪不大的她给人的感觉却十分的沉稳，话不多，但说出的话常常蕴含着冷幽默，乍一听，没反应过来，细细品味才会心地笑出声来，这个女生不简单。

和我一样，老马也是个慢热的人。开始交往时淡淡的，凡事客客气气，有商有量，一个谦谦君子。其实，在她的心里，一点一滴都记着，这一点一滴温暖着她的心，最后，她会把滚烫的心交给你，我就是这样走进她的心里。别误会，我们是同性，是闺蜜。

人们常说，随着年龄的增大，能交到的好朋友越来越少。在这个物欲横流的时代，当碰到一个人时，第一反应是这个人值多少钱，能给我带来多少利益，决定我们的交往多深。事实上，也真的是这样，想保持初心很难。在二十多岁的时候，还能交到交心的朋友，的确是不容易。

杜甫在二十几岁的时候遇到四十几岁的李白，一见如故，惺惺相惜，结成忘年之交，成就一段千古传唱的佳话。虽然他们在一起的时间只有短短的一年多，但当时已经名满天下、堪称偶像的李白对于初出茅庐的杜甫的鼓励和提携，为杜甫后来成为一代文豪奠定了基础。友情的力量是巨大的，是生命中的贵人。

"对你，我永远有空。"一次，约老马出来聊聊，问她有没有时间的时候，她给了我这样一句话。当时，不太容易动情的我眼里一热。不是因为闲极无聊，不是因为时间太多，而是因为你在我心里真的很重要，挚友如此，夫复何求。

"折腾"的细胞在我的骨子里横流，一旦我觉得不如意了，就想去折腾，去改变。我是个做决定很快的人，身边的亲人朋友对我的做法多少有些担忧，但老马不一样，她会认真聆听我的想法，帮忙分析，不管最后我做什么决定，都会坚定地支持，并且会创造条件，帮助我去实现自己的目标。

永远忘不了我们向左走、向右走的背影；永远忘不了中午溜出去对着 K 歌的欢畅；永远忘不了为了一个项目的达成，并肩作战的日子；永远忘不了一个个倾心交谈的瞬间……太多太多的忘不了汇集成一句话 —— 老马，愿你一切都好！

谨以此文送给亲爱的老马，愿我们的友谊之树长青！

老友记

在我的字典里，能称得上老友的不多，古月算一个。

记得那是初一开学第一天。我坐在妈妈自行车后座上，由于当时上学还需要自己带凳子，我是反挎着手里抱着个凳子背对着妈妈坐着，所以视线非常开阔，路上的一切尽收眼底。可能是因为小升初考得很好，全班第一，白云在游荡，鸟儿在欢唱，心情大好。无意中，一个年龄和我相仿，也抱着一个凳子的女孩子进入了我的视野。她友善地冲我一笑。对于陌生人，我还是比较羞涩的，但仿佛和她有一种天生的亲近感，连忙回了她一个微笑。由于我坐车，她走路，我自然快很多，我们之间的距离逐渐拉开。

人与人的际遇真的很奇妙，似乎冥冥中自有安排。到教室报到后，过了一会，一个熟悉的身影出现在眼前，她也是这个班的新生，我们是同班同学，而且，第一次分座位，我们被分到同桌，大家已经猜到了吧，这个温暖的女孩子就是古月。

我的成绩是全班第一，她的成绩也很好。在那个分数至上的年代里，我们很自然当上了学习委员，成为老师们的宠儿。小镇的人口不算多，面积不算大，恰巧我们两家也住得比较近。这也是我们能在路上偶遇的原因吧。接下来的三年里，一起上学、一起放学、一起学习。周末也腻在一起，一起吃、一起睡、一起笑。学习上争先恐后，一起进步，把其他同学牢牢甩在后面。不光学习成绩好，体育锻炼也不落下。我们都是跑步健将，记得有一年的运动会，在最后的冲刺阶段，我们手拉手冲过终点，800米、1500米，我们包揽前两名，我两个第一，她两个第二，为班级争了光，在学校引起了不小的轰动。个子小小的我们，竟然有如此大的爆发力。当然，女孩子间也会闹一点小矛盾，我们两人也不例外，但都是很快就和好了，就这样吵吵闹闹，我们无忧无虑地度过了人生中最美好的三年青葱岁月。

高考，对多数人来说都可以改变命运。特别是我们这样父母是普通工人的小镇上的学生。相对于高考，中考是打前站。在20世纪90年代，大学还没有扩招，用千军万马过独木桥来形容高考，也不为过。能上重点高中，考上大学的几率会高很多。很顺利的，我们的分数都考得不错。摆在我们面前的有两个选择，上重点高中或者读幼师。当时的现状，上了重点高中也不一定能考上大学，而读幼师是公认的好出路，能找到好工作尽早踏上社会赚钱。由于对大学的向往，我选择了进入我们区最好的一所高中，继续三年的苦读。而古月，选择了幼师这条相对轻松的路。从此，我们的人生开始不同。

时间真是个让人难以琢磨的小妖精。当年那么红，那么热的幼师，几年后竟然没落，之前包分配的，各个单位抢着要的，到古月毕业时，竟然连基本的工作都找不到。再加之读幼师时刻骨铭心的初恋分手，她毕业后远走他乡，开始异乡漂泊的生活。这时的我，经过三年高中生活，逐步形成了自己的人生观和世界观，一心想冲出小镇，去看看外面的世界。高考时超常发挥，顺利考上了大学。世界之门打开，向我这个寒门学子伸出了橄榄枝。

古月命运的又一次改变，来自她认识了她老公。对了，忘了说了，古月丹凤眼、柳叶眉、瓜子脸、披肩长发、修长玉腿、身材曼妙，是标准的美人。她老公对她一见钟情，展开了狂轰滥炸的追求。她老公对她非常好，没有太多的考虑，她答应了她老公的求婚。她老公很有商业头脑，古月陪着他从摆地摊开始做起，逐步拥有了自己的房产和公司。她的生活中朋友很少，加上身处异乡，仅有我们几个闺蜜在联系。但由于距离远，一年难得见上一面。

世事难料，经过多年的打拼，她终于衣食无忧，做着风生水起的生意，竟然意外惹上了官司。千里之堤轰然倒塌，瞬间被打回原形。如果你从来没有辉煌过，平淡日子很好得过且过。但从巅峰跌到谷底，不死也脱层皮。古月一时难以接受这样的打击，一度消沉。再次回到小镇，看到她我满眼的心疼，唯一能做的，就是多陪陪她，嘱咐她的父母多照顾、担待她的小脾气。所幸的是，在大家的共同努力之下，几个月后，她走出了阴影，重新站起来了。

　　三十年，对于任何人来说都是不短的时间。人生能有多少个三十年，而且还是最真、最纯、最美好的三十年。古月，我的过去有你参与，我的未来我们一起同行。

　　真心地祝福你，一路欢声笑语！

廖博

广场上众多奔跑的孩子中，活跃着两位奶爸，他们不是组织孩子做游戏，就是目不转睛护孩子们周全。不管是自家孩子，还是别家孩子，都喜欢这两位风趣幽默、和蔼可亲的爸爸。认识廖博，就是从孩子堆里开始的。

廖博的孩子和我们家乖宝是幼儿园同学，又同住一个小区，每天晚饭后去广场遛娃，一来二去就熟了。在遍地的妈妈中，廖博这位爸爸显得鹤立鸡群。没有大男子主义，没有不好意思，没有冷眼旁观，廖博这位新手爸爸比我们这些妈妈更会带娃，得到一众妈妈们的好评。

古有十年寒窗，一举成名。现今要成为博士，没有小二十年是拿不下来的。交谈中得知，廖博是博士，就职于移动公司，高级工程师，妥妥的高精尖人才。看来优秀的人，不管在哪个方面都会发光的。

你相信一个人献血200多次，持续20多年吗？相信能超过他的人少之又少。一个人有多大的能量，才能做出这样的壮举。和平年代，不用上刀山下火海洒热血，廖博用这样的方式，用自己的热血去浇灌生命，给他人带去生的希望。

高级知识分子廖博还是个颇有慧根的人，字里行间透着禅机。"人生有八苦：生、老、病、死、求不得、怨憎会、爱别离、五阴炽盛。""敢漏金刚之怒，方显菩萨慈悲。""心无挂碍，无有恐怖，远离颠倒梦想，究竟涅槃。"心怀对生命的敬畏，为未来积累福报。通过去寺庙做志愿者，身体力行做善事。

在这个物欲横流的时代，愿意向别人伸出温暖之手的人，越来越少。廖博就是这样一位积极主动热情帮助朋友的人。提出建议，资源共享，只要朋友有需求，廖博会无条件地提供帮助。这样一个自带高光的人身边，自然也会吸引大量的朋友，我们都为能成为廖博的朋友而感到高兴。

这就是我眼中的廖博，一个脱离低级趣味的人，一个纯粹的人，一个发光发热的人，也必将成为在这世间留下浓墨重彩的人！

青春不老 我们不散

二十年，对幼儿来说，是遥不可及的成年；二十年，对青年来说，是压力山大的中年；二十年，对中年来说，是日渐衰弱的老年；二十年，对老年来说，是无限渴望的日子。二十年，对任何人来说，都是漫长的时光。人生没有多少个二十年，光芒四射的二十年更是可遇而不可求。而我们，刚刚就经历了这样一个人生中最美好的二十年。2018 年 7 月 7 日，我们这群人迎来了 98 届新洲一中高三一班毕业二十周年庆。

1998 年，我们高中毕业了。撕碎的考卷和书本漫天飞舞，欢呼痛哭后，手里死死捏着录取通知书，怀揣着梦想，第一次离开这座小镇，开始了人生的漫漫征途。从此，朝夕相处一千多个日日夜夜的同学们天各一方。

二十年聚会，对于我们每个人来说，都意义非凡。它见证了我们从稚嫩到成熟，从孤身一人到建立家庭，从一无所有到初步实现安身立命。

回到母校，重温课堂是少不了的。一如二十年前一样，我们排排端坐在课桌前，聆听着科任老师们的教诲。不同的是，以前是学习文化知识，现在是吸取人生经验，做人做事的感悟。二十年没见，同学们纷纷走上讲台，分享二十年来的心路历程，工作、生活、学习方方面面的感受。

这个分享环节最初是由我提出来的。很多同学毕业后就没有见面了，经历、变化都比较大，大家都讲讲自己的情况，便于相互了解。事实证明，这个环节非常有必要。有侃侃而谈的；有默默祝福的；有感慨万千的；有声泪俱下的。我也表达了三个方面的想法，一是感谢老师们的教导，让我们通过读书这条路，走出了小镇，有勇气去探索外面的世界。二是介绍了这二十多年来，自己的经历。换了几个行业，不断尝试，不断折腾，过着热气腾腾的人生。三是希望以后同学们多联系，沟通，期待有合作、共同成长的机会。祝福所有的老师和同学们一切顺利，未来越来越美好！虽然时隔二十年，但我们最美好年华的记忆还在，情意还在。

欢聚宴上，我们一遍又一遍地回忆读书时候的美好时光，一遍又一遍地给老师们敬酒，由衷地表达感激之情。如果说这个世界上不求回报的感情，除了父母子女之情，剩下最纯粹的估计就只有师生之情了。老师都希望自己的学生桃李满天下，学生有出息，自己脸上有光，不求回报。还好，我们这群人，没有太显赫的际遇，但也或多或少为社会做着贡献。

本次聚会还有一个小亮点，以前都没有的，趣味球赛。迈向中年的路上，健康成为我们不可逃避的话题。运动是非常必要的。篮球和足球赛。班主任黄老师参加了足球赛，留下了飒爽英姿，实至名归成为最佳球员。这段佳话会一直流传。女生们参加了对抗相对小一点的篮球赛。说是比赛，其实更像是男生护送女生投篮的练习。女生拿球尽管投，不拦不抢不盖帽，女生就是规则。从来没有打过这么爽的"篮球赛"，本宝宝进了三个球。

二十年同学聚会，更像是一种仪式。每个人每天有 24 小时，但这个 24 小时和那个 24 小时是不一样的。今天的 24 小时的充实和满足感，是很多个 24 小时无法比拟的，它将成为我生命长河中一颗璀璨的明珠，在未来的某个时间温暖我，照亮我的人生，指明我的方向。这里是我们梦开始的地方，同时，也是再次出发的加油站，我们鼓足勇气，积聚力量，奔向更加美好的未来。祝愿所有的老师和同学们身体健康，事业有成，万事如意！

未来的十年、二十年、更长久的时间，我们一起同行！

三朵花

最近网络上很流行一段话——如果你们认识一年，可以称作朋友；如果认识三年，可以称作挚友；如果认识五年，可以称作知己；如果相知十年以上，可以请进生命里。

和小毛、小凤的相识在二十年前，那时刚刚大学毕业，因为在校期间表现优异，毕业前夕顺利地签约了一所大学，成了一名计算机教师。那天在教师宿舍里，我正在窗户下的水管边洗手，一个女孩从我的窗前经过，回过头来，圆圆的脸蛋出现在我的窗前，微笑地问道："请问 308 怎么走？"我住的宿舍是 309，立刻答道："往前走一点就是，我们是邻居哟，我这里是 309，呵呵！"这就是我和小毛见的第一面，后来，小毛回忆对我的第一印象，说这个女孩很漂亮，很可爱，一看就知道人很好！小凤是小毛的室友，顺理成章的，我们成了朋友。

象牙塔的确是个好地方。这里依山傍水，风景如画。我们同为计算机老师，白天，我们一起去给学生上课，下课后一起去吃饭，晚上一起交流教学上的问题，如何把课上好，如何更好地让学生接受知识。闲暇的时候，一起读书、逛街、旅游、畅谈人生。

让我记忆深刻的是 2004 年的平安夜，那年的第一场雪比平时来得早些。我们工作的学校在郊区，去市区还不是很方便，但年轻悸动的心情是很难阻挡的。这个年轻人比较看重的日子里，我们相约在平安夜一起守岁。我们早早计划，选定了一个那个年代非常流行的桌游吧，《天黑请闭眼》这个游戏，相信很多 80 后还记忆犹新，想当年红极一时，万人空巷。2004 年的平安夜，我们疯玩了一夜，对于循规蹈矩、按部就班的我来说，以前没有过，以后也很难再有。那无忧无虑的青葱岁月啊！有了好友的陪伴，是那么的简单而快乐！后来我们三人先后离开了那所大学，告别了我们人生中的第一份工作。小毛离开了武汉，我和小凤留在了这里，从此，我们各奔东西。有了在一起时真诚的付出，建立了深厚的友情，我们的联系从未间断过。2014 年至 2015 年是我个人创业的一年，小毛和小凤特地从外地赶回来为我加油，体验了一次纸艺花的制作过程，制作的是友谊之花 —— 勿忘我，我们边做边聊，工作中的压力与成绩，生活中的辛酸与快乐，久久不愿分别，度过了难忘的一天。

我们现在 40 出头，由于不在一个城市，我们最多能一年见一次，如果我们还能活 40 年，还能见 40 次，一次相聚半天的话，加起来还不到一个月。这让我想起了龙应台《目送》中的一席话，所谓父女母子一场，只不过意味着，你和他的缘分就是今生今世不断地在目送他的背影渐行渐远。你站在小路的这一端，看着他逐渐消失在小路转弯的地方，而且，他用背影告诉你：不必追。朋友又何尝不是这样，虽然天下无不散的宴席，但陪伴我们的那段时光带给了我们温暖和快乐，激励我们在人生路上，不断地勇敢前行！

小金

韩国游，看到不同的景致、尝到不同的美食、了解到不同的风土人情，但给我留下最深刻印象的是小金。

小金是这次韩国旅行中当地的导游，地道的韩国人。第一眼看到她的时候是侧面，很像《东京爱情故事》里的莉香，正面看更像。齐肩的长发自然地披着，迎风飘扬。大大的眼睛、长长的睫毛、瓜子脸、樱桃小嘴、微微挺起的鼻梁、匀称的身材，怎么看，都不像是生过两个孩子的37岁的妈妈。

提笔写她时，我犹豫了。刚去韩国的两天，对她的印象非常好，可以说是励志人物。爱国、爱家人、爱朋友、爱自己。在她的口中，国家发展迅速，国民热爱工作，食品、水源安全。自己拼命工作，和老公白手起家，从结婚时租的地下室居住，到现在买了属于自己的房子，儿女双全，一切都是靠自己的努力和汗水换来的。自己也很懂得养生，给自己准备了各种保健品和美容品，才有了现在站在我们面前美好的她。一路上给我们讲解韩国的文化，欢声笑语。然而，从第三天的购物开始，急转直下，整个人都不好了。

回想起来，前两天她那么多介绍，有为购物铺垫的嫌疑。

到了人参店，她极力鼓动大家购买，直接说她的收入来源就是我们购买的物品的提成。当我们团购买得很少时，她明显非常不高兴，甚至说出了，你连自己的父母都不爱惜，送给他们养生也好。不需要也买一点，算是对她工作的支持。把我们堵在店里不让走。我们是付了费用出来旅游的，图的是放松和愉快的心情。购物是附带的，自愿的行为。这样明显推给人感觉非常不好。因为买的东西不多，小金的脸色非常难看，直接说没有心情没有力气为我们讲解了。到了下一个购物店，新一轮的轰炸又开始了，还好，在这个店里，大家买的东西多一些，她的脸色才有所缓和。

经过了购物事件，我对小金的印象大打折扣。她的行为可能也是旅游业逼出来的。如果她们有高工资，旅客购物不跟她们收入挂钩，她也就不会为难我们，做好她讲解的本职工作就可以了。旅游这个行业需要整顿。只有客户有良好的体验，行业才会蓬勃发展。如果每次跟团都会有这样的不愉快，以后大家多数会选择自由行，那么这个行业的消亡就是迟早的事了。

辩证地看，小金还是个不错的人。土生土长的韩国人，说得比较流利的中国话。她还会其他国家的语言，说明高中文化的她有较强的学习能力。待人还比较真诚，为什么会这样做，说得直接，让我们"死"也"死"得明明白白。对工作认真负责，专业，韩国的文化讲解还比较系统全面，让我们涨了不少知识。难得的是，她言语间充满了对祖国的热爱，这种热情也感染到了我们。

总之，这次韩国不虚此行。小金，我会记住你的。

拾荒的老人

　　家里的物品越积越多，旧的舍不得扔，新的用不过来。借着这个休假，里里外外地好好地收拾了一下。不收不知道，一收吓一跳。厚厚的灰尘，早已经过时的电子产品，还没有来得及拆封的、多年未曾移动过的旧书等。总感觉东西没有地方放，这些利用率低的物品占据了大量的空间。

　　说干就干，该保存的逐个清洗、晾晒、存放，不要的直接扔掉，可回收的旧家具、纸张、瓶子整理在一起。每天下午整理一个区域。经过一周的清理，将家里的物件理顺、归类、摆放停当，清理出了一堆破烂。瓶子装在一个大的纸箱子里，各种纸打包捆起来。这些物品的处置，心里早有打算。

　　不知道从什么时候开始，我注意到有一位戴着草帽，驼着背，穿着俭朴，拖着一个大垃圾袋的老人在拾荒。从此，站在阳台上观景的时候画面里有他；下去扔垃圾的时候有他；甚至去超市买东西，也碰到他。感觉生活中开始出现了一个拾荒的老人，开始了一点点小牵挂。虽然没有讲过一句话，和路人甲路人乙没有什么区别，可就是有这么个小情绪，说不清道不明。

这次整理出来的可回收的物品，可以卖一点钱，但想不留痕迹地送给他。可能人都会同情比自己弱小的人吧。看到这位老人，我心里更多的是心酸，是什么样的际遇，让他的晚年需要在每个垃圾堆旁流连？他年轻时没有好好挣钱吗？他没有子女吗？抑或是子女不肯赡养他？或者他自己想挣点零花钱，找点事情做？我不得而知，也不敢妄自揣度。唯有贡献一点绵薄之力。

早上下了一场雨，空气清新。怕被雨打湿，我等雨停了才送下去。打包好的物品，没有扔进垃圾箱，悄悄地放在垃圾箱的左侧，然后我找了个僻静的角落，静静地看着。不到十分钟，老人过来了。他先翻找了垃圾箱里的有用的垃圾，看看旁边时稍微停留了一下。让人十分意外的是，他并没有拿走我为他准备好的那一堆回收物。看着他即将走远，我着急地跳出来，对着他喊："那是给您的。"他顺着我手指的方向看去，平静地问："是你的？"我点点头。他从容地把那堆破烂收到袋子里，说了声："谢谢！"

心中五味杂陈，不是滋味。每个人都会老去，每个人都有衰弱的一天。老有所依、老有保障、老有尊严，是每个人都盼望的吧。除了年轻的时候多为自己积累一些资本，也希望社会的保障更加健全一些。毕竟每个人都是哭着到来，希望是笑着离开。心中默默地祝福拾荒的老人。

盒饭

"一人吃撑，两人正好！三人来两份，全家乐陶陶。"火车上高亢的卖盒饭的吆喝声，把我的注意力从电脑屏幕上吸引过去了。

盒饭——简单、快捷、便宜，是行色匆匆的人们的最爱，但仅能一时之果腹，绝不能当作经常之饮食。目光随着盒饭叫卖声寻去，火车狭窄的走道里，一位穿着白大褂，戴着白帽子，瘦高的男乘务员推着同样狭窄的餐车，缓缓走来。"十五块钱买不了吃亏，十五块钱买不了上当，十五块钱让您吃顿饱饭，十五块钱让您一天满足。"吆喝声不绝，每句不重样，我心底竟然生出一丝无以言表的感触。"美女来一份，好嘞。阿姨，大叔合吃一份，好嘞，您拿好。"不一会儿，一餐车的饭盒都告罄。卖盒饭的到来，给这个无声无息的车厢带来了生气。大家在欢声笑语中，高兴地吃着并不热气腾腾的盒饭。

对于盒饭，我向来没太多好感，感觉不卫生、无营养、味道差，不到万不得已，不会选择吃盒饭，特别是火车上的盒饭，更是难以下咽。但今天，这位卖盒饭的乘务员，让我对于盒饭有了新的看法，着实不容易。本以为中午就会这样波澜不惊地过去，没想到，那个盒饭男乘务员又出现了。"升级啦，升级啦，一荤一素升级为两荤一素，价格不变，吃得放心，吃得实惠。"又有很多人买了他的盒饭，他迈着轻快的脚步满意地推着餐车走了。我心里暗暗觉得，他还会再来的。果不其然，"还没有吃饭的亲们，好消息，好消息，降价啦，降价啦，十五元变十元，便宜没商量。"在一阵哄堂大笑中，他圆满完成任务，潇洒退场。

这个中午，因为卖盒饭的乘务员的出现，让原本寂静无声略显憋闷的车厢变得热闹非凡。车厢恢复了平静，但我的心久久无法平静下来。多少人在这样平凡的岗位上工作着，他们好像一台庞大的机器上的一颗微不足道的甚至难以看见的螺丝，但你是做一颗随时可以被替换的，还是一颗屹立不倒，让机器永远正常甚至是更好地运转的螺丝，这取决于你的努力。我相信，那位卖盒饭的乘务员未来一定会出人头地，即便是他喜欢随遇而安的生活，也一定是快乐而充实的，因为，这一刻，他给别人带来了欢乐。

不一样的乞讨者

如果问你，看到大街上坐着、趴着、跪着的乞讨者伸手向你要钱，你会不会施舍？多数不会。

每天下班回家需要转乘，今天的转乘站，有些不同，出现了一名乞讨者。

白汗衫，布满污点。黑粗布长裤，趴在一块带滑轮的木板上，身上没有残疾。你可能想象不出他在做什么，他在地上做粉笔画。

一只简陋的木箱，里面放着彩色粉笔、2升的大瓶矿泉水、毛巾。

最初吸引我目光的，是地面上大幅的蒙娜丽莎肖像和画到一半的威武的老虎。在画作的旁边，有一个盒子，供路人打赏。路人甲从蒙娜丽莎脸上踩过去了。路人乙也从蒙娜丽莎脸上踩过去了。路人丙停了下来，看了一眼，向盒子里投了零钱。路人丁站着远远地观察，我是路人丁。无论路人是如何的态度，画者默默地趴在木板上，认真地画着。越来越多路人会尽量避开画作走，走近的路人多数是去放钱的。多数人给的一块，也有五块、十块的，最多的给了十块。一位中年女士，走过去又走过来，走过来又走过去，感觉犹犹豫豫，又感觉不好意思，最终放下十元钱。

　　猛虎完成了，活灵活现，十分威武。画者停下来，拉过小木箱，拖出矿泉水，一阵牛饮，矿泉水下去一大截，喉结上下滚动，显然是渴极了。用袖子在嘴角一抹，用粘满粉笔灰的满是沟壑的大手，从盒子里拿出纸币，仔细地数着，虽然一块的居多，但一大把，感觉也有百儿八十的，画者脸上露出了欣慰的笑容，小心翼翼地把纸币收进贴身的口袋里，放下装着硬币的盒子，继续俯身作画。我本想记录下这个画面，但终究没有举起手机，留下一块钱，走了。

　　看了太多的乞讨者，心肠变得逐渐坚硬。可怜人太多，自己的力量太过卑微。每个人生存都十分不易。如果能像这位乞讨者一样，靠自己的才艺赚得一口饭吃，会让人更愿意去帮助。

劳动人民

　　寸头，金项链（不能鉴定真假），方脸，紧身衣，三十来岁，五大三粗，你很难把这样的形象和劳动人民联系在一起。

　　不知从什么时候起，乖宝学校门口出现了这样一个人。推着一辆小车，微型燃气瓶挂在小车左侧，面上是一个镶嵌在车内的小炉子。提前调制好的面糊倒进一个一个模具的小格子间，放在炉子上烤。两三分钟打开仿佛张开鳄鱼嘴的磨具，一枚枚成形的金黄的小蛋糕被倒在了旁边的小盆子里，阵阵甜香，别说，还真有点诱人，估计小朋友很难抵挡得住。一锅出来，刷上一层薄油，接着下一锅。动作娴熟，没有丝毫迟疑。一锅一小袋，一小袋 5 块钱。想买的人，自己把钱放到旁边的钱盒，自己找钱，自己拿走小袋。整个过程有条不紊。寸头哥只顾埋头做手上的活计。小袋被源源不断地拿走。生意不要太好！这位小哥有点意思。

　　学校旁边的流动小摊贩很多。都是做学生的小生意。新鲜个几天，今天来，明天消失是很正常的。过了段时间，小哥换项目了，改卖蒸糕了。同样是有模有样，生意不错。再后来，新花样是紫菜包饭。蒸好黑米饭和食材提前准备好，要吃什么样的现场包，同样是排着长长的队。一次，小哥来晚了，看他推着小车飞奔而来。旁边卖鸡腿和猪脚的两名妇女皱着眉焦躁地唠叨："又来了、又来了。"明显带着嫉妒和怨恨。没几天，这两名妇女就不见了。

一天天，小哥就在门口经营着他的小生意，屹立不倒。有几次，我有想偷偷地给他拍张照的冲动，终究没有好意思。最近，没有看到小哥的身影了，估计他找到了更好的去处。

同样的一件事，不同的人会做出不同的结果。我永远相信，事情的成败，决定因素是人。做事的人，才是决定这件事结果的核心。有时间去抱怨环境、抱怨社会、抱怨别人，不如好好地想想怎么去改变现状，如何去积极地行动。如果着急、抱怨能解决问题的话，我赞成你去做。如果不能，请你好好地、脚踏实地地去行动。

花坛上的老人

风儿轻轻地吹，鸟儿欢快地唱，蓝天上的白云变换着姿势，想吸引人们的注意，三五行人走过，谈笑风生。在公园里散步，走到凉棚，稍事休息，对面花坛边沿上坐着的老人，引起了我的注意。

老人六十岁上下，头发花白，上身穿着白衬衣，看得出有年头了，被洗得越发的白。下身穿的黑色的西裤，脚上一双黑皮鞋，一道道裂痕清晰可见。紧挨着他身边的，是一个硕大的黑色背包，从侧面望去，完全可以挡住瘦弱的老人。花坛边沿上还铺上了一层薄薄的塑料纸，感觉老人刚刚还在上面睡过。

老人正在仔细地摩擦着什么，定睛一看，是在一块长方形的刨皮板上刨胡萝卜丝，刨皮板架在大腿上，和花坛边沿形成一个三角，下面用塑料袋接着刨下来的胡萝卜丝。正在纳闷为什么厨房的活计要到室外来干，只见老人拿出一把汤勺，舀起一勺胡萝卜丝，咯吱咯吱吃起来。嘴里吃着，手上不停，继续刨，一大口一大口地吃。眼见一根壮实的胡萝卜被刨得越来越短小，刨下来的胡萝卜丝也被老人一口一口吃个精光。吃完胡萝卜丝，老人认真地擦拭刨皮板、汤勺，小心翼翼地收进背包，然后把纸屑、垃圾等收拾在刚刚接胡萝卜丝的塑料袋里，看样子是要一起扔进垃圾箱。最后老人开始卷铺在花坛边沿上的塑料纸，收进背包里。做完这一切，老人背起硕大的背包，站起身来，老人个子还不矮，背挺得笔直，转身走了。

看着老人落寞的背影，一丝悲凉涌上心头。是什么，让一位花甲老人颠沛流离，食不果腹？他的家在哪里？他的子女呢？他是因为年轻时不努力，抑或是遭遇变故吗？看得出，老人衣着陈旧但还算干净，举止并不随意，有一定的讲究。被陌生人看到，还会有一点不好意思吧。我尽量不直视老人，看手机时瞟一眼，不想惊扰到老人家。

每个人都会衰老，这是每个人的必经之路。老有所依，老有所好，老有健康，老有尊严，是每个人都盼望的吧。希望老人早日走出困境，愿天下老人都能有个幸福温馨的晚年。

咪咪

　　"咪咪"是我养的一只猫的名字，对于我而言，咪咪不仅仅是一只猫，更是我儿时的伙伴和朋友。

　　记得第一次见到咪咪，它刚刚出生几天，是那么的弱小，战战兢兢，路都走不稳，可能因为刚刚离开猫妈妈，对人非常惧怕，躲在角落里，瑟瑟发抖。然而，当我出现的一刹那，和它目光对视，它居然摇摇晃晃地向我走来，趴在我的脚背上，再也不肯离开，真的就是那么的神奇！我为了让它有安全感，几个小时没有挪动一步，就让它在我的脚背上静静地趴着，我们的默契自然天成，它的体温慢慢地温暖了我的脚背，在我的身上游走，温暖着我的心。这几个小时里，我静静地观察咪咪，它五官非常端正，毛色麻白相间，身材修长。妈妈说它还没有名字，看它这么喜欢我，让我给它取个名字。我见它温柔可爱，"咪咪"小声叫着，就叫它"咪咪"吧！它仿佛也听懂了自己的名字，高兴满意得"咪咪，咪咪"直叫。

　　从此，我的生活中多了一个"咪咪"，咪咪的生活中多了一个我。我们亲密无间，形影不离。因为哥哥年少时非常调皮，经常晚上玩得很晚不回家，爸爸妈妈满世界地去找他。偌大的三层楼房里，只剩下咪咪陪伴我瘦小的身影，陪我做作业，听我说话，和我做游戏。当我做作业时，它静静地趴在我的腿上，静若处子；当我想玩时，它也积极配合我跑前跑后，动如脱兔。我是寒性体质，经常一晚上脚都睡不热。冬日的夜里，它会睡在我的脚底，为我暖脚。它对我永远那么依恋，无条件地满足。

咪咪是只母猫，一只漂亮的母猫，一只非常有魅力的母猫。每年春天，我发现，我家的房前屋后聚集了很多各式各样健壮的公猫，它们匍匐在不远的地方，彼此之间一番打斗，都对着咪咪呼唤，咪咪立在中央，像高贵的女王，目不斜视，仿佛对它们都无动于衷。几个月后，我就会在家里的某个角落，听到"喵喵、喵喵"的叫声，我知道，咪咪做妈妈了。接着就会有亲戚们来家里，想要小猫，我固执地要留下咪咪，其他小猫可以送给别人。咪咪似乎也理解了，小猫送走后，它伤心几天，日子照样波澜不惊，仿佛有我就够了。

我和咪咪在一起幸福地过了三年。幸福的时光总是短暂的，我从来不承想过要和咪咪分开，直到第三年，它产下第三窝小猫时，外出吃了一只被下了药的老鼠，回来就上吐下泻，我连夜央求妈妈带我们去找兽医，好说歹说半夜让兽医起来给咪咪看病，还给它打了一针，但最终没有救回咪咪。它在我的怀里慢慢地睡着了，我一直叫它不要睡，不要睡，它努力地强撑着，但最终还是走了，我久久地抱着它渐渐变凉的身体，不肯松开。由于咪咪的离开，它的孩子吃不了奶，一只一只也相继去了。

咪咪你一路走好，有孩子们陪你，你也不会孤单吧！为了纪念咪咪，我还为它写了一篇祭文，这是我第一次也是唯一一次。

　　咪咪走了，从此世界上再也没有咪咪。有些缘分，是那么的奇妙，它就那样没由来地闯进你的生活，然后又悄然离开，不带走一片云彩。留下的，是无尽的思念和不断前行的力量。人生是单程车票，上了车就注定要驶向终点，到寿终正寝的那一刻，我也希望能为这个世界留下点什么。

谢谢你，十年的陪伴

我固执地认为，只要我好好爱护你，你就会一直陪伴我。殊不知，谁都会有寿终正寝的一天，人如是，物也如是。

十年前，你如飞燕般轻盈的身形，带着灵巧的双手，穿着火红的外衣，只一眼，我的目光再也无力挪开，你翩翩来到我身边。

从此，陪伴我制作 PPT 到深夜的是你；看我一笔一笔写下心情故事的是你；帮我查找资料，24 小时待命，不知疲惫的是你；跟随我山南海北奔走的是你；陪我笑、陪我哭着追韩剧的是你。你就是那个一直在身边，无声胜有声默默陪伴的挚友。最近你死机开始频繁，一次次顽强地重启，每次都为你捏把汗。我心里清楚，那一天要来了。虽然今天你终于罢工了，但你已经尽力了，我知道。谢谢你，十年无怨无悔地陪伴。

中学时期，有很长一段时间，我陷入了一个问题，人为什么终有一天要归于尘土？既然一切都会消失，那现在拥有的，争取的又算什么？走路也想，吃饭也想，睡觉也想，时不时走神去想，好像是怎么想都想不明白。几十年后的今天，这个问题总算是有点眉目了。悲观的人想的是总有一天会死，乐观的人认为死前的每一天都可以精彩地活着。庆幸的是，我是后者，豁然开朗。

你的寿终正寝，并不代表离去。这十年承载了太多的记忆。无可否认的是，会有新朋友取代你，继续辅佐我，我也会像爱护你一样去爱护它。但我心中，会为你留一席之地，这段记忆，无可取代。未来日子，我将你封存心底。

十年陪伴，谢谢你！

行 走 日 记

XING ZOU RI JI

梦牵北京

当火车飞驰而行，北京，这座魂牵梦绕的城市，真真切切即将展现在我眼前。不知道是不适应，还是太兴奋，卧铺火车上，竟一夜未眠。窗外有树林，有平原，有小道，有房屋。若隐若现，朦朦胧胧。许是凌晨，天未亮的缘故，一切都笼罩在薄雾中。

带上爸妈，带上乖宝，带上自由的心，我们来到了北京。爸爸一直有个愿望，就是到毛主席纪念堂瞻仰毛主席。爸爸出生在解放前，从饿肚子到温饱，再到现在的衣食无忧，对社会主义的感谢和对毛主席的情怀，是无法言表的。爸爸年轻那会，没机会见到毛主席。中年被生活所累，没条件上北京。老年带儿孙，愿望一年又一年被搁置。他们这代人的标签就是奉献。转眼七十古来稀，不敢再像年轻时那会儿一样走南闯北。作为子女的我们，平时忙东忙西，忙得没有名堂。得知爸爸有这个愿望后，我就开始计划带他们出游。办法总比困难多，只要你想做，总能找到办法。这个七月，帮爸爸实现了愿望。

我一直想去北京的原因之一，是带乖宝参观中国的最高学府——清华、北大。求学时代不够努力，没能考上清华北大这样的名校，起步比别人差了一大截。现在在社会上打拼，深深地体会到书到用时方恨少。从心底里呼吁广大的孩子们，在最好的年华里，要心无旁骛地读书，积累知识，提高能力，为自己的未来积聚力量。走在静幽的清华校园里，感受文化氛围和学术力量。高大的艺术美感的建筑；望不到尽头的干道；美轮美奂的荷塘月色……一切的一切，都在告诉清华学子，你们是国之栋梁，未来无限美好。在乖宝十岁的年纪，带她来感受最高学府的氛围，真真切切体会知识的力量。虽然全程我们只是走走看看，也没有太多的交流，但是，我相信，清华已经给我们留下了深刻的印象。希望，下次再来清华，是带着入学通知书，名正言顺地走进校门。

中华文化上下五千年，绝不是吹的。在所有的文明中，只有中国的文明五千年有历史记录，中间没有中断，有史可查。其他文明，要不历史记录几百年、几十年很短；要不依托神话传说，可信度不高，是自己国家号称的。生为中国人，自豪感油然而生。北京，作为六朝古都，印证和传承了中华文化。此行的最大收获之一，是了解了一些知识：故宫、颐和园修建的历史背景是怎样的；皇帝、王公大臣们的相处之道，不到长城非好汉的亲身体验，为什么说"读万卷书不如行万里路"。可能，这就是行走最好的注解吧。

这次在北京遇到的人，给我的印象比较深刻。毫无疑问，第一个接触到的人是导游。旅游全程由马导讲解，每到一地都会生动形象地讲解背景，奇闻逸事，让整个游览过程有序又有趣。他对北京的知识储备量是很大的，如此周而复始地讲解，还能如此饱含激情，流畅自如，引人入胜，作为一名导游，他是合格的。第二个接触的群体是的士司机。为了带爸妈去尝尝正宗的北京烤鸭，人生地不熟的我，只有依靠的士。打车软件一发布，马上就来了的士。网络的高速发展，让一切变得高效而便捷。一去一回接触了两位的士司机。北京的的士司机都很健谈。一上车就问我们的情况，我们选的这家烤鸭店的特点。对于我们的问题，他有问必答。由于谈话过于投机，下车的时候，的士司机才发现打车软件忘记了确认上车，没有记录和车费，给了我们一个优惠价格，没有看我们是外地人而胖宰我们。我们亦没有因为的士司机的失误而不付费，双方愉快地完成了这次交易。回酒店时的的士司机更加热情。得知我们是跟团游后，把他自己的情况，自顾自地讲给我们听。说如果有熟人带的话，来北京自由行更加轻松一些，他这几天就是带着妹妹逛北京的。从头讲到尾，津津乐道，言语间透着乐观与满足，下车的时候礼貌地主动要求我们给他五星好评。服务这么周到的司机，不要求，我也会给好评的。

　　清华研究生武同学的到来，是旅行社安排的给孩子们的特别节目。中国一流学府，清华北大，是所有中国人的梦想。从小在孩子心中种下梦想，总是不会错的。武同学介绍了清华北大的特点，不同的文化氛围，专业侧重点。由于武同学是清华研究生，他对于清华更加熟悉，重点介绍了清华是一座来了就不想走的象牙塔，为孩子们描绘了一幅美好的画卷。同时，告诉孩子们，要想考进清华北大，从现在开始，需要养成良好的学习习惯，掌握高效的学习方法，付出比别人更多的努力。空调车中他竟讲得汗流浃背，说明确实激情澎湃。我和乖宝正好坐在第一排，给他递了几次餐巾纸，他都来不及擦汗。乖宝目不转睛地，认真地聆听武同学的讲解。相信这些话，都深深地印在了乖宝的脑海里，会作为她努力的参考。虽然，在最后，武同学拿出了销售的产品，印有清华标志的钢笔和书，显然比市场价要高很多，但是，仅他刚刚的那一席话，对于乖宝的影响，我就愿意付费。不是买商品，是对思想的付费。乖宝破天荒地主动要求自己承担这个费用，说明她真的听进去了。对了，忘了说一句，乖宝作为我的助教，是每月领工资的，所以，她是有能力为自己喜欢的东西付费的。

为了观看天安门 5 点的升旗仪式，凌晨 2 点半起床。为了早点进清华大学，不打扰学子们学习，凌晨 2 点半起床。终于有资格说，我知道北京凌晨两点的天空、街道、城市是怎么样的了。累并快乐着，多么深刻的领悟呀！

北京，这座听起来就热血沸腾的城市，这个夏天，我们全家来打卡了。希望下一次，是乖宝带我来！

薄刀峰游记

一场说走就走的旅行，带上爸爸妈妈。

有两个月没有回家看爸妈，周末说回去看看，老公提议带爸妈一起出去转转。说实话，听到老公这么说，心里暖暖的，说明他把我放在了心上，把我的爸爸妈妈放在了心上。说走就走，马上查行程、定酒店，安排相关事宜。

愉快的旅行开始了。我和老公、爸妈加上侄女，我们五人小分队出发了。因为是自驾游，自由行，这个景点没有去过，所以第一步就是找到正确的路。再一次体会到，导航不是万能的，而且会走冤枉路。一路走、一路问。从开始大家欢喜雀跃的心情到后来走坑坑洼洼的路。当地人不清楚景区西门因为连日暴雨封闭，道路不通，没有开放，折返到东门，一番折腾，让大家激动的心情慢慢回落。原本两个多小时的路程，走了四个多小时，到景区门口的时候，天完全黑了，只好找酒店投宿。出师有点小不利，不过总算是到达了目的地。大家酒足饭饱，安顿了下来，各种休息，养精蓄锐，准备明天欣赏无限风光。

第一缕晨光还没有升起，大家都显得十分的兴奋，早早起来开始晨练。跑步的跑步、赏花的赏花、逗弄小动物的追得鸡飞狗跳，一派生机勃勃的画面，看得出大家对于今天的观景充满了期待。吃过早饭，老公一声令下，5人小分队开往薄刀峰景区。

经过简单的商议，我们五人达成了一致，慢慢爬山，边走边看边玩边拍照。老人小孩只要感觉一点累，我们就集体休息，身体安全第一。这就是自由行的优势，不急不躁，舒服放松是第一位。

山里的环境和城市的有很大的不同。首先给大家非常深刻印象的是这里的空气，非常的清新、干净、沁人心脾。在山下我们碰到了一家人，那家的老人和妈妈年纪相仿，妈妈和她攀谈起来。她说自己是去年第一次来这里，一来就爱上了这里的空气、环境，于是当即在山下买了一套房子，每年暑假来这里避暑，住上几个月，什么病都好了。言语中透出了深深的满足感。我们没有条件在这里买房，不过来享受一下空气、环境还是可以的。山里山外的温差非常大，听朋友在群里叫嚣温度已经直逼40度，而在这里，山路被茂密的树林包围，林荫小道，阵阵凉风，一点没有感觉热，体感温度20多度，非常凉爽。我们一步一步往上爬，当遇到70度的险峰时，我们相扶着前进；当看到美丽风景时，我们停下来，驻足欣赏，静静感受；当攀登到顶峰时，我们都欢呼雀跃，在红旗飘扬下合影，留下这珍贵相聚时刻。爬山期间，有走三步休息两步的，有颤抖着需要人扶着才能走的，也有实在无法挑战自己无法前进的，但不管走哪条路，最后我们都汇合了。两天的旅行结束了，我们回到了快乐的家。

这次旅行虽然短暂，但会给我们每个人留下美好的回忆。大家常常会说孝顺父母，给父母豪宅、锦衣、玉食，其实他们要的更多的是那份实实在在的陪伴，是那份尊敬、牵挂和爱。说走就走，可能缺少了足够的准备，路途中碰到这样那样无法预知的问题，但是，总算是行动了，走出去了。多少想法因为考虑得太过周到、发现困难重重，要不战线拖得太长，要不没有行动而流产。倒不如这样，随着自己的心意，说走就走，说做就做，兵来将挡、水来土掩。

在路上，才会领略到不一样的风景；在路上，才会发现自己的潜能；在路上，才能发现自己最亲密的人的另一面。一直在路上，越走越好！

彩云之南

"有暖和一点的地方的行程吗？""有的。海南、云南，想出境的话，现在泰国是夏天，很多人去。""泰国过段时间要去的，暂时不考虑，把海南、云南的行程发给我看看吧！"2018农历新年即将到来，2017年这一年太辛苦了，终于盼来了7天的假期。好好给自己放个假，不管是身体还是心灵，都需要休息。

彩云之南是一直想去的地方。经过认真的比对和询问，最终确定了云南之行。

蓝天白云。以前一直存在于课本和各种电子产品的图片中。这次云南之行，最深的感受就是无边无际的蓝天和恰到好处点缀的云朵。当仰头凝视天空，目光深深沦陷在纯净的蓝中，仿佛新生儿的心灵，毫无杂质，越陷越深，越陷越深，希望自己是耍赖的孩童，目光无法抽离，不能自拔。

清爽的氧气。上到海拔三千米的玉龙雪山，伴随开阔视野的是清爽、干净、润物细无声的空气。我的鼻子敏感，经常需要清理。而在这里，一整天不用餐巾纸。天然氧吧，口口是营养。

纯净的蓝月湖。终于知道为什么那些文人墨客能写出"波光粼粼、清澈见底"这些唯美的词语。是因为他们有身临其境的感受。当见到蓝月湖第一眼，这两个词就跳出了我的脑海。阳光倾泻在湖面上，波光粼粼。伸手抚向湖水，水下手指纹理清晰，轻轻搅动泥沙，短暂的浑浊，三秒钟后，湖水依然清澈见底。

不好言说的导游。一上来，第一件重点表达的意思是自己读书不多。一位是初中文化水平，另一位纳西族朋友更绝，直接没有上过学，培训两个月，立刻上岗干导游。这直接颠覆我对导游的认知，门槛这么低。虽然文化水平不能说明所有问题，但对于大多数人来说，正规学校的教育，是认识世界最初的窗口。从这两位导游对于云南文化、风俗、故事的讲解和对家乡怀有的深厚感情来看，他们的培训是比较到位的，基本合格。如果他们不自己表达，确实看不出他们的第一站惨淡收场，今天能站在这个为数不多人能站在的大巴车上，是通过自己的努力。估计他们想通过先抑后扬的方法，加深印象。殊不知，读书不多，从来不是值得炫耀的事。万般皆下品，惟有读书高。虽然有点极端，不过，读书的确是绝大部分没有掌握优势资源的人改变命运的最好途径。当然，我在这里并不是批判两位导游不读书。毕竟，并不是人人都能读得起书的。比如我们的纳西族导游，由于幼年时的贫穷，没有机会读书。有今天的成绩，有房有车有老婆有儿女，完全是靠自己后天的努力，不服输的精神，是值得我们赞扬的。总体来说，除了卖力游说我们购物

269 ▶

那一段，其他介绍还是不错的。

有缘人。本次是一个人出行。遇到的第一位有缘人是孙小妹。出行前，身边的朋友和家人都担心一个人旅行太孤单。其实，孤单并不是来自人的多少，身边有多热闹，是看你有没有一颗热情、接纳、敞开的心。爱笑的人运气都不会差。美女孙小妹被安排和我同住。从小到大，我的好友都是美女，美人缘特别旺。仰天长啸，为什么我不是男儿身？算了，不说了，说出来都是泪。还是接着说孙美女吧。孙美女的第一特点当然是美啦，第二特点是热心肠，第三特点是随时随地录视频。有了前两大特点，孙美女当之无愧成为团红。由于我们俩形影不离，我跟着沾光。比如什么在酒吧有人送酒；吃东西也分我一份；行李有帅哥帮忙提。旅途中我们互帮互助，有了孙美女的一路陪伴，增色不少。第二位有缘人是静姐。我的名字中有个静字，这位静姐的小名和我一样，缘分啊！

行程的最后一天是等飞机。但是这个等待的过程有一整个白天，我们都感觉可惜。于是和静姐商量一起自由行。说干就干，找了个最近的景点——民族村。一大清早赶到民族村，还没有开始售票，工作人员被我们的热情吓到了，连忙说八点半才开始进，你们这么早来给我压力好大呀！我们哄堂大笑，不停摆手说："没事没事，我们可以等。"于是，排在了售票处的第一位。白族、壮族、满族、纳西族、回族、哈尼族、德昂族、基诺族、瑶族等26个民族聚集在民族村。每个民族都有自己的信仰、风俗和建筑风格。其中印象最深刻是基诺族的扎儿，他开着一家小店，从我们进入他的小店，他就开始为我们介绍他们基诺族的信仰、特点。他们信仰太阳，每一件物件都代表着辟邪、祈福、保平安等不同的作用。我和静姐母子听得津津有味，挑选了中意的物品。离开基诺族小店，我们继续在民族村寻找民俗。一路走马观花，心心念念扎儿太有特色了，竟然在离开民族村之前，再次找到小店，和扎儿合影留念。静姐的儿子是静姐的摄影师兼助理。别看小伙子只有十六岁，一米八几的个子，英俊的面庞，一路行程都是他指引方向，服务我们，分分钟秒杀小鲜肉。而静姐就像一个天真无邪的少女，在儿子面前撒娇。静姐只比我大一岁呀！什么叫一路领先，路路领先。静姐就是最好的注脚。

彩云之南六天愉快的行程结束了。走过的路，碰到的人，看过的风景最终都沉淀到人生里。缘聚缘散，一路上能遇见你们，同走一段路，真好！

春日踏青

春风拂面、百花飘香、鸟儿欢唱、农人奔忙。这样一个风和日丽的清晨，我们一家三口，骑上自行车，走在了踏青的路上。

一个偶然的机会，发现通往家的一隅，有一条小径，朝里面眺望，仿佛郁郁葱葱，不知内有何乾坤，通往何处。今天，我们满怀好奇与期待的心情，踏上了这条未知之路。

虽然入口很窄，没想到，是个葫芦口，一进去，马上视野开阔。水泥路的主干道两旁是整齐的石子小路，青葱的小树一束一束的，仿佛两三小伙伴手拉手做游戏，俏皮可爱。再往前走，一个 50° 左右的斜坡，7 岁的乖宝非常有信心地想骑着她的童车冲上去。乖宝对于户外运动，有着超乎常人的热情。虽然以我的经验，小家伙很难完成这个艰巨的任务，但不想打消她的积极性，仍然鼓励她去做，因为已经想到了对策，会在后面帮她一把。正如我所料，当冲到三分之一处，她已经后继无力，而一直跟在她后面的我，用温柔的手臂，助她一臂之力。我想让她养成敢于尝试、敢于挑战的性格，品尝通过努力得来的成功滋味。在我们的成长过程中，父母常常充当着这样的角色，你的保护伞、你的指路灯、你的见证者。

坡上是另一番景象，一条笔直的公路，通向我们视野无法企及的远方，眼前豁然开朗。心情也仿佛插上了翅膀，飘飘荡荡，随风飘扬。一路上，我们说说笑笑，红的花儿在向我们微笑、绿的草儿在向我们招手、叽叽喳喳的鸟儿在向我们问好。忙碌的农人们被我们一家人的欢笑感染，停下手里的活，摸一把额头的汗珠，目光追赶着我们的方向。远处，一支骑行队，向我们骑过来，几十人组成的车队，统一专业的骑行服装，十分壮观。他们为什么选择这里，正当我们不解时，一组圆形拱桥出现在了我们眼前，特别是乖宝，兴奋地尖叫了起来，跃跃欲试要一展身手。这是专业的赛道，乖宝是无论如何都无法骑上去的。儿时的我是运动健将，学校运动会上长短跑冠军囊括者，难道乖宝继承了我的运动细胞？我推着她一步一步爬上拱桥，拉着她一步一步滑下拱桥，她的尖叫声、欢笑声让整个空气都沸腾了。我也按捺不住激动的心情，在赛道上遛了几圈，非常过瘾！经过赛道，我们又上路了。

怀着期待的心情走在对未知探究的路上。

科技馆

科技是第一生产力，科技改变生活！

今天怀着好奇的心情，我走入了武汉科技馆。在我们的意识里，科技都是高精尖，和我们的生活关系不大，感觉遥不可及。

走入科技馆，首先映入眼帘的，是巨大的电子屏留言墙，在手写的控制板上，可以写下你想留下的痕迹，可以是姓名、爱好、心情，等等，我非常俗套地写了大大的"吴静"两个字，占满了整面墙，整个大厅的人都可以看到，也秀秀书法，还比较满意，看来，我还是非常自恋的。

接下来参观的是我比较感兴趣的生命科学馆。达尔文那深邃的眼神，让我驻足，解读达尔文进化论，用树和螺线诠释万物同源与物竞天择，品味生命本质之美。物种因自我复制而增长，决定了生命形状的自相似性。乖宝刚刚七岁，明显感觉她现在的问题突然多了起来。人是怎么来的，蜗牛是怎么出生的，老虎为什么叫老虎，能叫其他名字吗，我能给它取名字吗。每一个问题我回答出一，她必定追根溯源，问到我无法回答。我努力地回忆我儿时是否也是这样的十万个为什么，但时间实在是太久远，我已经毫无印象，感觉身边的一切都是那么的顺理成章，逆来顺受。在乖宝的眼里，妈妈是万能的，无所不知的，看着她求知的眼神，我很诚实地告诉她，这些妈妈也不知道，但你可以通过努力学习科学文化知识，自己去探索未知的世界，也可以为你的新发现命名。虽然告诉了乖宝妈妈并不是什么都知道，但至少告诉她，妈妈是实事求是的，比起让她膜拜，我更希望她成为一个诚实、善良、勇往直前的人。生命科学馆中介绍了很多物种的起源、发展、灭绝，动物们的雕像栩栩如生，仿佛明亮的眼睛在盯着你看，想向你诉说它的来世今生。越走越发现自己的微乎其微，是漫漫宇宙长河中的尘埃一颗，越看越发现自己掌握的知识太少，发现自己的无知，学海无涯。

最后，我走到了自然科学的展厅。整整一层楼都是各种发明创造的介绍，航空母舰、火箭、飞机、汽车、桥梁、建筑、太空舱，等等，应有尽有，数不胜数，我只恨自己的眼睛不够用，贪婪地观察着这些人类智慧的结晶。一代又一代的科技人，为了文明发展的推进，献出了自己毕生的时光，他们是伟大的，

也是永垂不朽的，是他们，让我们的生活更加的舒适，更加的便捷，让一切只有想不到，没有做不到。一个小小的数字"0"，它的发现体现的是一种哲学思维，不存在也是一种存在，是人类思想一次重大突破，抽象思维的伟大创造。

一天的参观，让我受益匪浅。从开始的认为科学离我们

遥不可及，到现在的科学渗透在我们生活的方方面面，和我们密不可分。小到一个螺丝刀的发明，大到太空的探索，科学包罗万象，科学的探索永无止境。正如我对乖宝说的，妈妈越学习越发现自己的无知，你要好好学习，感受身边的事物，未来，你也可以为自己的新发明命名，为文明推进贡献自己的一份力量。

难忘神农架

从 38 摄氏度烧烤模式的武汉，逃离到 20 摄氏度风景秀丽、凉风习习的神农架，怎一个"爽"字了得。

神农架威名远播，身为湖北人的我们，却一直没有机会去"视察"我们大湖北的后花园。这个夏天，终于一览它的风采。

提到神农架，不得不说它的气候。武汉的八月，大家是知道的，离了空调活不了。戏称"手机、WiFi、空调"是武汉夏天的标配。当车子开到神农架林区，可以果断地抛弃空调了。再往上走，凉爽得要飞起。能理解武汉人的火暴脾气了吧？都是被高温烧烤出来的，走在路上那个火辣，分分钟想找人吵架泄火，不是武汉人你不懂。接着往上走，感觉就不是夏天了，秒变秋天。庆幸自己早有准备，带了外套，立马添起来。接着往后开，不说了，降到十几度，突降暴雨，瑟瑟发抖，初冬的感觉，车子都不敢出，怕被吹到山下。一天经历春夏秋冬四季，有得吹了。

大九湖的风光，确实赏心悦目。四周都是高山，唯独这里一马平川。一眼望去，青山与绿水交相呼应，天燕与湖鸥比翼齐飞。置身天然氧吧，再多废气也烟消云散了。每次腾空都想触摸天际，每张照片都可以作为壁纸。

神农祭坛给我的印象也比较深刻。我们都称为炎黄子孙，这个祭坛用来祭祀炎黄子孙的祖先——炎帝神农氏。登上这个祭坛要走 243 级台阶。我们去的时候是正午，正是曝晒。从下面往上看，太阳明晃晃的，看不到头，感觉特别远，很多游客躲在树荫底下。我们一家没有丝毫犹豫，一级台阶一级台阶地往上爬。这一级级的台阶，也好像人生路，每一步都算数。终究有的人，不会一直同行；终究有些人，达不到你的高度。当站在顶峰，下面的人如蚂蚁般挪动，俊秀风景尽收眼底。

神农架的野人，世界闻名。野人洞、野人谷、野人馆，到处都是野人的元素，遗憾的是没有看到一个野人。如果有幸看到，我就发达啦。野人馆的志愿者介绍，如果目击野人是 10 万元，拍到野人照片是 50 万元，抓住野人献给国家，可以获得 500 万元奖励。我和乖宝听得两眼放光，嘿嘿笑出猪声，马上举起手机，时刻准备着。不指望抓住野人，能拍张照片就是撞大运了。咔嚓咔嚓，把野人馆拍了个遍，最后不忘给志愿者一个好评。小哥哥不容易啊，讲得唾沫横飞。

一段去而折返的路。从大九湖到竹山，有一条经过柳林的小路，只要三四个小时。如果走主路，需要六七个小时。显然，走小路可以节约一半的时间。但是，前方战报，这条小路必经之地有一处塌方，车子是过不去的。一家人商量，意见不一，最后老公拍板，抱着试一试的态度，向小路进发。不知道是不是天公在警示我们不要冒险，一路上悬崖峭壁不说，还突降暴雨，能见度不足五米。用龟速来形容，再贴切不过。真是有过命的交情，才敢坐这个车。箭已出弦，唯有相信了。

　　一路上不见来车，感觉非常不好。好不容易看到一辆车，告诉我们的确是坏消息，前方不通。夜幕已经降临，我们被卡在半山腰上，进退不得。这个时候抱怨不能起任何作用，既然开始同意了这个方案，结果就必须一起承受。当地的好心人，给我们指了个住宿的民宿。外边看上去，楼层规整，挂着一排红灯笼，还像那么回事。进去一看房间，毫不夸张地说，这是我住过的最差的条件。一间几平米的房间，横竖摆着三张床。红绿缎子的棉被，幽黄的灯光下，在我的脑子里晃动，仿佛回到了三十年前。最让我受不了的是，到处都是飞虫，地上、床上、被子上，甚至爬到了我们身上。我是天不怕地不怕，就怕小昆虫。刚进来惊到了，没有注意有日光灯的那面墙，这才是大手笔，一面墙爬满了。乖宝吓哭了，没办法睡觉，我只好坐在她身边，拉着她的手，慢慢哄她入眠。她时不时问我，妈妈你在吗？我轻轻回答她，你放心，妈妈一直都在的。侧头再看看那一面墙的虫子，1点、2点、3点……就这么枯坐了一夜，终于熬到天亮了。天一亮，不甘心的我们还是把车开过去了，看了这处倒霉的塌方，完全陷下去了，终于死心了，打道回府，重返大九湖。

　　这一天的沦陷，看似糟糕透了，但也不是毫无意义。首先是对亲人的信任。我是个比较谨慎的人，如果是我做决定，既然大九湖的工作人员有预警，前方也有小报传回来，我可能不会冒险。但是，我尊重了老公的意见，同意和他一起冒险，并且一起承担了冒险失败的结果。没有指责、没有埋怨，积极地想解决办法。其次是二游大九湖。一去一回，路口管理员说，怎么又是你们。一次是正常在步游道上欣赏大九湖的美景；一次是在飞驰的车上感受大九湖的磅礴，不同的角度领略大九湖的湖光山色。最后是对虫子的脱敏。当我挥动着棉被，疯狂地拍打床和虫子的时候，金庸小说中的女侠活脱脱地跳出来。虽然画面没什么美感，但是你不让我好过，我也不让你好过。

人生路就是这样走出来的。遇到的人、爬过的山、蹚过的河，都是靓丽的风景，是构成我们人生的美好画卷。我在路上，并且会一直走下去。

萨瓦迪卡

看看这个题目就知道我要写什么了。不知道也不要紧，看完就知道了。

给我留下最深印象的是微笑。餐厅服务人员迎宾的微笑、收银员发自内心的微笑、路边的人礼貌的微笑，碰到的人都在微笑。你好意思板着脸吗？不好意思。再多的烦恼，再多的伤心事都要放下。我特地问了导游，为什么他们对我们这么友好。导游说，我们的到来拉动了消费，促进了经济，他们的生活就会更好。他们非常欢迎我们。真是一群聪明人呀！想问题通透。这是一个微笑的国度，这是一个神奇的国度。

所到之处，满眼绿树成荫，花团锦簇。家家户户门口大片大片的绿树和各种各样叫得出，叫不出名字的花树。花儿像是穿了蜡衣，强光下，熠熠生辉，几何对称，像假花一样。走近一摸，水水滑滑，的确是鲜花。这里是热带，日照时间长，植物生长茂盛。吃了这里的水果，回武汉吃水果只能用四个字形容，索然无味。果糖的那种甜、温润、不霸道，路过口腔，流过喉咙，慢慢渗透，甜到心里。

空气好，无大型工业。这里的三大支柱产业是农业、旅游、橡胶。他们的国王是学农业，大力发展农业，再次印证了大树底下好乘凉，政府支持出成绩快。香米享誉全球，一袋难求。旅游业就不说了，看看身边人，有一种并没有出国的幻觉。旅游业的发展也和他们的政策有关。凭借无与伦比的海岛风光和宽松的入关条件，吸引外国人来旅游，消费，自然拉动经济。热带气候很适合橡胶树生长，随处可见的橡胶树兴旺了乳胶产业。工人现场给我们演示割胶，在他的怂恿下，我沾了一滴即将流下来的新鲜乳胶尝了尝。有一点淡淡的乳味，可以吃。乳胶做的床垫、枕头确实舒服。我也为一家三口带了一套枕头。

大海，宽广、辽远，一直是我向往的地方。即便是静静地站在海岸，闭上眼睛，倾听潮起潮落，感受面粉般的细沙和海浪拍打小腿，像情人的手，轻柔温暖。纵身一跳那一刻，天、地、人、海，融为一体。天高海阔，我们是沧海一粟。我们享受的一切，是大自然无私的馈赠。和大自然的包容比起来，我们的烦恼和纠结不值一提。

大象是这里的吉祥物，代表着吉祥和财富。我有幸亲身骑了一次大象。虽然大象对于我们来说是庞然大物，但它本性温和，行动缓慢。印象最深的是，我们在等待的时候，看到一匹到站的大象，没有慌着走，把鼻子伸到桌子上到处找东西，看情形，它是饿了。可惜我们不是骑她。当我们骑上大象时，听说可以买水果喂大象，毫不犹豫掏钱。一整挂香蕉，不是一根哟，刚放到它鼻子上，我们还没有看清楚，瞬间到了它嘴里、肚里。以前看动物世界，说大象不停行走就是为了找食物，当时没有太深感受。现在终于体会到，大象食量真是大呀！一只大象要长到成年，是多么的不容易。我们要爱护这种可爱的生灵，严厉打击盗取象牙的犯罪分子，让它们能够长久地和我们一起生活在这片土地上。

这里的人们信的是小乘佛教，主要信奉四面佛，人称"有求必应"佛，该佛有四尊佛面，分别代表健康、事业、爱情与财运，掌管人间的一切事务，是泰国香火最旺的佛像之一。我们入乡随俗，一起去参拜了四面佛。如果你最想得到什么，就从掌管这一项的佛开始拜。我最希望家人和亲朋好友身体健康，一切顺利，从掌管健康的佛开始叩拜，心诚则灵。外在的形式是对自己内在的暗示。

这里信佛的人可以喝酒、吃肉、结婚，他们不讲究身体外在的表现，重在修心。我们开始还不理解，喝酒吃肉还能称为僧人吗？他们这边对出家人非常敬重。男性到了一定年龄都会出家修行一段时间，可几年甚至一辈子，也可一周一月。修行完了还俗继续过生活。按照当地人的习俗，喜欢把女儿嫁给当过僧人的男性。如果男性没有出过家，是娶不到老婆的。当僧人的日常，需要每天早上化缘，肚子上会挂个大袋子，化缘来的食物放在大袋子里，有时候会挂几十斤走一天，体会女人怀孕时候的辛苦。这样的男性结婚后会对自己的妻子更好。身体力行，行动永远比教化来得深刻。天天说，不如做一次，智慧。

人妖是这里独特的一个群体。这个群体不属于男人，也不属于女人，但他们自成一派。个个光鲜亮丽，唱歌跳舞赏心悦目，靠自己的才艺生存。以前听别人说过，人妖多数是穷苦人家的儿子，父母养不活，很小被送去当人妖。由于需要长期服药，身体被严重摧残，寿命只有 40 多岁，比一般的普通人活得短得多，其实是非常凄惨的。我们不要戴有色眼镜去看他们。在这里已经成了一种产业，让他们有自由选择的权利和平静的生活吧。

　　说了这么多，估计大家都知道我介绍的是哪个国家了。既然这样，我就不揭晓谜底了。最后，用这个国家最标志性的话语向各位问好：萨瓦迪卡。

乌兰布统

心心念念的草原之行，终于出发了。自此，湖北、河北、河南、北京，中国版图上，又刷出 4000 公里。

全家首次长距离自驾游。出发前多少有点忐忑，带点自我挑战的意味。当 9 天后，顺利抵达武汉，我们发现，人生就是这样不断尝试、不断挑战、不断超越，发现自己的过程。

最好的风景在路上。曾经一个医学博士朋友说过，我们普通人常常到处去寻找，去看美好的风景，用的是眼睛，其实是非常累的。真正的美感，是不需要你去寻找的，是自然进去你的眼里，心里，是沁人心脾，非常舒服，让人放松的。

大片的油菜花海映入眼帘时，我们兴奋地跳下车，冲进了花海。要知道，油菜花在武汉只是三四月间开放，矮小，小片小片的居多。七八月间能遇到油菜花海，而且有一人高，我们站进去，完全淹没在花的海洋里。看不出是花俏还是人美。这里，成了我们第一个全家福产生地。

当向日葵的花盘齐刷刷地朝向我，向我微笑时。心心念念的守护花突然以这种方式出现，我的心为之一振。这次偶遇向日葵花海，成为本次旅行最大的惊喜！在古代的印加帝国，向日葵是太阳神象征。受到这种花祝福而诞生的人，具有一颗如太阳般明朗快乐的心。我莫名地喜爱向日葵，喜爱她的花；喜爱她的葵花籽；喜爱她追逐太阳，积极向上的心。我已经把向日葵私定为守护花，今生非你莫属。连绵几十里，花盘可以比拟明日，一人高，个个亭亭玉立，又浑然一体，默默注视着你，品读前世今生。仿佛一幅一望无际的天然画卷，它的惊艳，是无法用语言形容的，再华美的词藻也无法诠释它的美。只有身临其境，才能感受到撞击灵魂的震撼。大自然的鬼斧神工太奇妙，人类与之相比太渺小。我们的汽车开了很久，贪婪地渴望定格这一刻，依依不舍地路过了向日葵花海。

扬鞭策马。一望无际的草原，是乌兰布统最大的亮点。草原人的豪放和洒脱，都在马背上体现。我们也是真正意义上第一次骑马，不是被人牵着，慢慢走的那种，是真正在草原上奔驰。电视上只看到骑马的潇洒，自己骑上去，一颗心快被颠出来了，不过慢慢地，慢慢地，伴着"踢踏踢踏"的马蹄声，草原在身下游动，视野越来越开阔，天大，地大，我心飞翔。老天没有给予我们翱翔天际的翅膀，但是赋予了我们无上的智慧，生而为人，是多么的幸运。站在草原上，心胸自然被打开，一跃而起，拥抱天地。一路上，遇见很多奔驰而过的草原人。骏马是他们赚钱的工具，也是重要的交通工具，他们的生活和马密不可分。当地人到了晚上收工骑马回家，看得出我们是外地人，当路过我们身边时，特地加快速度，摆出几个特技，一展飒爽英姿，让我们开开眼，可爱的草原人。

牛羊成群。在我们的城市，偶尔看见一只、两只牛羊，要马上提醒身边的人看，像看什么稀奇玩意儿，如果能看到十只以上，是非常罕见的，必定前呼后拥，生怕错过这难得的普及动物知识机会。到了乌兰布统，这都不是事儿。茫茫大草原上，牛羊不是用只来计数的，是用群的，一群几百头算少的，成千上万用在这里毫不夸张。远远望去，仿佛一片云在山坡上飘动，和天地融为一体。牛羊见多了游客，都不怕人，在公路上悠闲地走，不管你的车来了没有，它该停还停，绝不放快蹄子，自己才是这草原的主人，让你们干着急。游客们像约定了一样，除去了城市里的急躁，放慢了节奏，静静等牛羊大爷们通过了。等待的过程中，调皮的猫鼬围着汽车上蹿下跳，堵在车头搔首弄姿，让人忍俊不禁。人与动物如此和平共处，在这里体现得淋漓尽致。

傍晚散步时，遇到归圈的羊群。羊肠小路上，挤满了大大小小的羊，一路上家家户户有羊圈，长得大同小异，它们不需要指引，能自觉地钻进自家的羊圈。在这群羊中，我们注意到一只特别的羊，它是一只前腿断了的残疾羊，它只能跪着向前爬。虽然它腿不利索，但它努力地跟上羊群，并没有掉队很远。我们的方向，和这群羊回家的方向相反。当我们经过这群羊，用怜悯的眼神注视这只残疾羊时，它突然调转羊头，跟在了我们的后面。其它羊都进圈了，它却还跟着我们，走了几米。我们告诉它，你的家在那边，快回去。但是它不管不顾，仍然跟着我们。乖宝央求道："它好可怜，可能它的主人对它不好，它想找我们做主人，我们收养它好不好？"这当然是不行的。没有办法，我们找到羊圈的主人，让她领回了残疾羊。询问得知，残疾羊是小时候被轧断了腿，原以为活不了，没想到它坚强地活了下来，落下了终身残疾。人尚且活得不顺心，谁会在乎一只羊残疾不残疾呢？羊坚强的出现，让我们看到了生命的坚持。

还是好人多。出发前的各种攻略，各种忠告。各种不好的事件的提醒，都没有发生。一路上，当我们问路时，总是收获大家热情的指路。特别是回城路过开封，准备去瞻仰包青天的开封府时，可能是连日的长途跋涉，跑了三千多公里，座驾罢工了。后退档无法使用，卡在景区的路中间，无法入库。眼看着即将阻塞交通，几个路过的年轻游客仿佛看出了端倪，在没有招呼的情况下，主动过来帮助推车，"一二三、一二三、一二三"喊着号子，齐心协力把车推到了路边。帮助完我们后，简单接受我们几句道谢，笑着走了，仿佛这就是他们自己的事。虽然出现这样的小插曲，但路人的行动给了我们宽慰。我们按照原定计划去游览了开封府。不知道是不是包青天保佑，出来再开车的时候，座驾自动恢复，又行动自如了。真是让我们哭笑不得，虚惊一场。

来到北戴河，不和大海亲密接触太对不起自己了。路上都是穿着泳衣、圈着泳圈行走的人。有独自一人的，有三三两两的，有一大家子一起的，有成群结队的。谈笑风生。这样的场景，在武汉的街上是不可能看到的。穿泳衣上街，不被看作是疯子就不错了，回头率那是杠杠的。所有人大大方方的，你遮遮掩掩反而不正常。白天太阳太大，我们选择坐游轮欣赏海景。到了晚上，期待已久的夜游即将上线。我们全家换上泳装，昂首挺胸向大海进发。仰望满天星斗，漆黑静谧，漂浮海上，第一次有这样的体验：周围的一切与我不相干。人生就是这样一个不断感受，不断接受新事物的过程。

　　一位亲戚得知我们的草原之行，回家要经过郑州，特地邀请我们一聚。晨曦出发，开了近一千公里来到郑州时，已是夜幕降临。路边一个小小的身影，看到我们的那一刻，欢呼雀跃。热情地迎我们进家门，不顾一天工作的劳累，准备了一桌子的郑州特色菜，大家拉着家常，回忆着往昔，祥和、喜庆荡漾开来。从一无所有，到拥有两套房。从湖北，到广东，再到郑州。第二天，还带我们参观了家族产业，养鸡场。全自动化管理，鸡蛋专供疫苗研究，年产值上百万。同龄人的我们，还只是暂时地解决了温饱问题。路漫漫其修远兮，革命尚未成功，提高生活品质，我们仍须下大力气。

　　读万卷书不如行万里路，行万里路不如阅人无数。不管是读书还是行走，体会，最终都是为了发掘自己，认识自己，找到真正自己想要的。有的人二十岁就停止脚步，二十岁到八十岁每天都在重复，成长停止在二十岁。有的人到八十岁，仍然过得多姿多彩，丰盈，不断提升自我。

　　不负岁月，未来可期！

香港印象

　　迟迟没有动笔写香港，是因为确实是走马观花路过香港，无法写出香港的全貌，也无法诠释真实的香港。不过，话又说回来，那又有什么关系呢！写出对香港的印象就可以了，仅代表个人的印象，切勿对号入座。

　　给我最深的印象是包容。街头艺人随处可见，快速漫画、杂耍、少年演唱组合、行为艺术……这里的街头艺人和武汉的有本质区别。他们真的有才艺，脸上洋溢着自信的微笑。一位速写漫画肖像女孩，引起了我们的注意。一块不起眼的木板，红黑蓝三支普通的白板笔，刷刷几下，三分钟快速勾勒出人物活灵活现，略带卡通的脸。3分钟，50港币。排队的络绎不绝。我们驻足观看了十几分钟，几百港币到手。这位女孩给乖宝留下了深刻的印象。乖宝现在也在学画画，不过玩的成分占多数。她没有想到，画画可以以这样的方式，赚这么多钱。原来才艺真的可以变现，知识就是力量。让她自己体会感悟，比我们说破嘴皮子都有用。通过这次体验，乖宝甚至确定了自己的画风，希望画出写实又带点卡通的人物。读万卷书不如行万里路的真实注脚。

一圈人围在一起，发出阵阵笑声。爱凑热闹的我们围了过去，原来是一位小伙子在玩足球杂耍。杂耍的过程无非是搞点小特技，丢点小包袱，和电视里面播放的节目没法比。但就是这样一位其貌不扬的小伙子，让我们刮目相看。因为他的表演，是全英文解说。说明香港的国际化程度很高。对于十几年不说英语，基本还给老师的我来说，非常羡慕英语说得好的人。现在乖宝学习英语的过程中也遇到困难，记忆、背诵出现问题，乖宝有畏难的情绪。这位小伙子优秀的英语口语，让乖宝非常向往，原来英语这么美，这么有用。主动向我提出上英语培训班的请求，要求提高自己的英语水平。想必作为家长的我们要偷笑了吧，嘿嘿！

来香港，摩天轮是一定不能错过的，无数次在电视剧中一睹它的风采，是浪漫的代名词。第一次来香港的我们并不知道摩天轮的具体位置。当我们随意漫步在天桥上时，远方缓缓转动的摩天轮浮现在我们眼前。顿时，身边的一切失去颜色，我们眼中只有摩天轮，兴奋地向它飞奔而去。前后左右形同虚设，目标已经确定，冲就对了。42 个箱子，被我和乖宝一遍又一遍地数和确定。每个箱子可以乘坐 8 个人，每人 20 港币。一次乘坐 5 分钟，34440 元。摩天轮的长队山路十八弯，没有停歇。不知道摩天轮是不是 24 小时旋转。即便一天只工作十二小时，一天的收入为 207360 港元。一天 20 多万呀，一个月就是 600 万，一年 7200 万。不算不知道，一算吓一跳，区区一台摩天轮，一年的收入 7000 多万。我还感觉坐一次 20 元挺便宜，还有上涨空间，破亿近在咫尺。哦哦，好像偏题了，没有体验过的朋友，一定要去坐一次。在我们前面排队的一对小情侣，包下了一整个车厢，其他人别想进去，车票一长条，土豪呀！浪漫也需要钱来支撑呀！

一下船，狭窄街道上，挤满排队长龙就不说了，毕竟香港是购物天堂。

香港仅观光一天，然收获和感悟还是比较多的。人真需要出去走走，开阔眼界，胸怀、格局都会放大。一些困惑在行走中逐渐释然。总之一句话，香港 —— 不虚此行！

一路惊喜

　　冬天的暖阳，柔柔地抚在脸上，像妈妈温柔的手。载着乖宝，骑行在去宜家的路上。以前每次去都是开车，不到十分钟的路程，料想不会太远。今天来了兴致，喜欢骑行的我想挑战自行车。百度一查，才五公里，小菜一碟。带上一壶水，一些小食，我们出发了。

　　今天真是个好天气。虽然是冬季，只有几度，但阳光洒向大地，沐浴在温暖之中。蓝天白云，路上没有什么行人，道路宽广，视野辽阔。我们一路放歌，欢声笑语久久回荡。突然，路边的一抹绿色引起了我们的注意。本来已经骑过去了，是乖宝先发现的。"妈妈，那边好像有什么好玩的。"顺着乖宝指的方向，我停下车来，一起去探究。

　　不看不知道，一看满眼的惊喜。一个室外儿童乐园展现在我们眼前。乖宝惊叫一声冲了进去。铁制的乐器；模拟的沙滩大海游轮；攀岩上绳索桥然后滑下来；神奇的空中树屋，镂空的绳网连接，勇敢者的游戏；气势磅礴的大风车；滑索的风驰电掣，心惊肉跳。绿树、红花，明丽的色调，勾勒出一个五彩斑斓的梦幻童话世界，让我们沉醉其中。

　　最吸引乖宝的，是空中滑索。攀岩上风车，进入一个高台。与地面连接一条滑索，滑索上吊着一个圆盘，人可以站立或者坐在上面。从高台上滑下去，借着势能的冲击力，享受极速刺激。滑索下面是人造沙滩，不用想也知道是防止人坠落的保护措施，设计非常的贴心。

　　乖宝很想玩但开始不敢尝试，为了增强她的信心，我做了这个吃螃蟹的人，还别说，虽然距离不长，高低跨度不算大，冲击力还真不算小，整个人从垂直到遇到障碍物被掀翻，呈水平状态，如果没有牢牢抱住铁杆，还真有些危险，的确是勇敢者的挑战，捏了一把汗。看了我的示范，在我的鼓励下，乖宝终于敢尝试了。都说父母是孩子的第一任老师，身教重于言教就是这个道理，你希望孩子做到的事情，你自己首先要做到。乖宝在我的指导下小心翼翼地坐上圆盘，确定她已经牢牢抱紧铁杆后，我慢慢地放手，"嗖"的一声，乖宝飞了出去，撞到了障碍物，然后被掀翻，刺激非常。两边震荡，逐渐停下来。乖宝回到地面上，心情久久不能平静，非常激动，强烈要求再玩。于是，一次一次爬上高台，一次又一次俯冲下来，这个过程中，还研究出了新玩法，不用我辅助，自己把圆盘推到一定的高度，以自己能坐上去为准，然后自己滑下去。整个过程全部自己完成，由于高度下降，危险度也降低了，我落得清闲，在一旁静静守候。

　　都说一个人成熟的标志来自分离。和自己的父母分离，和孩子分离，和朋友分离，最终和这个世界分离。每个人都是一个独立的个体，有自己的性格和能力，在这个纷繁复杂的世界上占有一席之地。活着无憾，去时无悔，也许是最高境界吧！

　　偶然发现的儿童乐园，给我们一路惊喜，跟着乖宝上蹿下跳，时光模糊了边界，静静流淌……

一路狂奔

阳光普照，微风拂面，油菜花映黄了空气，鸟儿欢快地鸣叫，狗儿撒欢儿跑来跑去……才二月底，气温直线飙升，逼近二十度，暖春已尽显无遗。

蛰伏了一个严冬，是该好好活动活动筋骨了。这样的好天气，不去骑行该对不起自己了。周末是我们全家的懒觉日，为了不辜负这春色，我们全家起了个大早。连赖床的乖宝，一声号令一轱辘翻身起床，毫不含糊。

老公年会上意外中了一等奖，工作十几年，第一次中"狗屎运"。事后他跟我们说，当时以为自己听错了。上台领奖时，主持人跟他开个玩笑，说好像数学看倒了，着实吓了他一身冷汗。奖品是一辆跑车，终于给不爱运动的他找了个运动的理由。我带着乖宝一辆车，老公骑着他宝贝的跑车，伴着欢声笑语，我们出发啦。

我们的家在美丽的金银湖畔。平时因工作忙碌，家事缠身，很少能欣赏身边的美景。借着这个春暖花开的时节，我们走出家门，骑行在天地之间。

当呼吸着新鲜的空气，四肢活动伸展，心情也伴着速度飞起来。不知不觉的，我和乖宝一起哼起了《让我们荡起双桨》，声音越唱越大，所到之处，引起路人侧目。我们也不管不顾，继续高声歌唱，哈哈大笑。周围的人们仿佛也被我们的热情感染了，到处洋溢着欢声笑语。

大家都被这好天气召唤，纷纷走出家门。路两旁，隔几步就有家庭聚会的烧烤摊子。锅碗瓢盆食材一应俱全，更有甚者还带着户外帐篷，这是要长期作战的准备呀。大人们准备着食物，谈笑风生。孩子们光疯跑都兴趣盎然。瞧，不远处，一片金黄映入眼帘。阳光下，天地间，满眼的金黄，蓬勃的生命力，不自觉地仰面，迎着阳光，活着真好！桥下，湖水中央，天然露出一条线，像仙女遗失的玉带。垂钓者一字排列，像早已商量好的，一人，一竿，一篓，构成一幅天然水墨画。远处星星点点灵动的是什么？走近一看，原来是迁徙的候鸟，成片成片的白色，估计有成千上万只，真不愧是金银湖湿地公园呀！

走出去，你才能看到不一样的风景。

快乐亲子游

炎炎夏日，能约出来的，都是真爱！开个小玩笑，皮一下。其实，如果想见面，会找一切机会，预留时间和心情。这不，这次小小亲子游，在大家的期盼中成行了。

家长在一起，孩子的教育问题是不可避免的话题。现在正值暑假，家长、孩子的大考又来临了。如何合理安排时间，过一个认真学、快乐玩的暑假，成为横在家长、孩子面前的双刃剑。这届孩子被手机控制得死死的，是家长首要头疼的。可以说，除了吃饭、睡觉外，其他时间都抱着手机。强硬禁止的家长，会引起孩子的逆反心理，家里火药味浓烈。佛系的家长听之任之，又异常担心，非常纠结。除了浪费时间外，更可怕的是，让孩子失去了眼里的光。如何把孩子从电子产品中拔出来，家长们也是煞费苦心。

乖宝幼儿园的时候，我给她买了电话手表，上小学后，配了手机。一直给她传递的是，手机是工具，是辅助我们生活的。给她的手机，最大的作用，是和我们联系，保证她的安全。说实话，智能手机的娱乐功能非常强大，快速反馈快感，别说孩子，我们成年人有时候一刷几个小时，也控制不住。但是，并不能因为事情有难度就放弃，还是需要想办法解决。沉迷手机可能是无聊，在现实生活中得不到成就感，或者单纯娱乐，原因多种多样。虽然不可能立竿见影解决，但是我们仍然可以从小事慢慢做起，比如说今天的亲子游，让孩子们在大自然中放飞自我，释放孩子该有的天性。用眼睛去观察，用身体去感受，用步履去丈量，远离手机能量场。

孩子的探索，是从游戏开始的。刚开始提出玩游戏时，孩子们比较戒备，以为我们要拿游戏说教，一溜烟全跑了。都说家长是最好的老师，我们能不能先玩起来呢？"你笑起来真好看""眉飞色舞""相亲相爱"……李总的"魔性"首秀，让我们大开眼界，成年人"疯"起来，一点不比孩子差，都是人才。精准的语言、夸张的动作、放肆的笑声，成功地把孩子们吸引过来了，加入了猜词语的游戏，欢声笑语在蓝天白云下久久回荡，这一刻，值得我们回味很久很久。不仅如此，孩子们受到启发，反客为主，主动邀请我们加入她们的"狼人杀"游戏。由于我们都不会玩，所以她们需要给我们"培训"。这个过程中，语言表达能力、组织能力、思考能力、物料准备等多方面得到了锻炼。潜移默化，团建的雏形，比说教好用得多。"狼人杀"挺烧脑的，我们自愧不如，孩子们把我们玩得团团转。领导力，执行力，在孩子身上体现出来。怎么从成千上万中脱颖而出，来自你一次次站起来。

都说给孩子最好的礼物是陪伴。我想说的是，陪伴只停留在时间层面上的话，太浅显了。高质量的陪伴，可以达到事半功倍的效果。只停留在时间上的低质量的陪伴，反而引起孩子的反感，感觉受束缚，这也是很多孩子叛逆的原因之一。高质量的陪伴可以和孩子高度共情，产生心流，获得充实和满足，强化亲子的连接。这股力量，可以丰盈彼此的内心，成为未来人生路上战胜困难的勇气。

今天，高度发达的信息化为人们提供了太多的便利，过去很困难的时间、距离、资讯，现在通过网络好像可以轻易实现。视频里可以天天见面，就没有必要千山万水来见你；网络里什么风景见不到，就不用跋山涉水去探索；网络什么都可以解答，就省去独立思考……真的是这样吗？从来到走，每个人只是路过人间。真正有价值的，是这一路行走的过程，是你能留下点什么，是你是否为明天更美好的世界做过那么一点点的贡献。

要不怎么说博士就是和我们普通人不一样呢。头顶上闪闪发光，廖博和彭博真是尤物。廖博是最后到的，由于他正在做一件非常有意义的事。在来之前，又一次去献了血，胳膊上还缠着纱布，持续献血二十多年，累计200多次，他健康的血液，正在救着人命，无名英雄就在我们的身边，用实际行动践行佛法的功德无量。高精尖的技术讲出来我们听不太懂，并不妨碍他们正在为尖端科技做着贡献，言语中溢出的自豪感，感染着我们每一个人。彭博自带气场，是城市精英的代表，运营着一家品牌企业。虽然因为政策的影响，面临了一些困难，但女强人不是白叫的，因为热爱，不会轻言放弃，正在想各种解决办法，并且有所突破。彭博给我印象最深的就是她灿烂的笑容和爽朗的笑声。是有多么强大的内心，才会外化出让人如沐春风的气质。虽然我们只是第二次见面，但像多年的老友，相见恨晚，相谈甚欢，聊得停不下来。知识渊博、眼界开阔、思路清奇，最后不得不被大家提醒天色已晚，天下无不散之筵席。

最珍贵的奢侈品，比如一颗不老的童心；生生不息的信念；背包走天下的健康；愉悦的心情与优雅的工作；每天能睡个好觉；一个教会你爱与被爱的人；品味美丽和美好的心与心情；自由的心态与宽广的胸襟；点燃他人希望的精神特质。这些都不需要花多少钱，一旦拥有将无坚不摧！

好友相聚，亲子时光，拥抱大自然，充实而放松，快乐就是这么简单。今天的亲子游在欢声笑语中结束。我们汇入洪流，奔赴自己的生活。这份温情将永留心田，滋润生长。

香水河与五道峡

再绚丽的图片也比不上身临其境。阳光、清风、鸟鸣、虫趣……身体的感受和心灵的洗礼，是图片很难传达到的。读万卷书不如行万里路，读书是理论，行路是实践，理论结合实践，才能出真知。

日照香炉生紫烟，遥看瀑布挂前川。飞流直下三千尺，疑是银河落九天。来到香水河，情不自禁吟诵起李白的《望庐山瀑布》。香水河地处湖北省荆山生态旅游区，有"楚天九寨沟"的美誉，最大的特色是姿态各异的瀑布。瀑飞虹中虹飞瀑，人迷水中水迷人。或一泻千里；或层层叠叠；或小桥流水；或猝不及防……要我说，丝毫不逊色庐山瀑布。奈何无李白之才气，无法出口成章，作一首《望香水河瀑布》。青山绿水就是金山银山，这是大自然给人类的馈赠。任何人造景观在大自然面前，就是小巫见大巫。一步一景，感觉眼睛不够用，恨不得多长几双眼睛。

相比香水河，五道峡赢在气势。进门巨幅的献和氏璧牌坊，预示着五道峡和玉石结下不解之缘。一道峡为问玉峡，二道峡为悟玉峡，三道峡为锁玉峡，四道峡为望玉峡，五道峡为得玉峡。从问到悟，再到锁、望，最后得到，富含禅机，像极了不断寻找，不断求索，不断争取，最终功德圆满的人生。

偶遇溶洞是意外之喜。在近40℃的酷热天气，突然进入18℃的溶洞，是什么感觉，这个夏天，我们体验到了。打一个冷战，透心凉，当然，是相当的舒服。踩着一级一级的石阶进入，别有洞天。滴滴答答的水声，映照着彩灯，钟乳石呈现出各式各样的形态。历经亿万年的演变，惊叹自然界的鬼斧神工。仿佛穿越在前世今生。

秋千老少通吃。不管是大人，小孩，遇到秋千移不动腿，一定要坐上去，荡起来。这不，连平时四平八稳的老公，也经不起我们的怂恿，我们三人手拉手，肩并肩，一二一，收腿，蹬，踢腿，一起浪起来。秋千荡到高处，仰面望向天空，阳光洒在脸上，微风拂面，蓝天白云，鸟儿在空中盘旋，夏蝉在耳边鸣叫，爽朗的笑声一扫往日的阴霾，岁月静好也不过如此吧。

清澈见底的溪流里，捉鱼是少不了的节目。在河边长大的老公，一展身手的机会到了。从开始的毫无进展，到慢慢找到方法，一捉一个准，父女俩相互配合，仿佛手里捧着的，不是一尾尾鱼苗，而是无价之宝，高兴得哇哇直叫。顺便还摸出了"和氏璧"，借花献佛，双手献给了"朕"。

本次五道峡贡献了近几个月最多的步数，近两万步，最后1.5公里，还是在高空滑道漂流完成的。在下面看的时候，感觉滑道平淡无奇，漂流水也蛮少，结果坐上去，滑下去速度还蛮快，特别是弯道处，浪激起来，扑到我们身上，一家人惊恐怪叫，成功吸引路人目光。老公衣服鞋子都湿透了，直接跳到溪流里，来个足浴 SPA。

　　两天下来，腿像踩着高跷，靠着意念向前，本腿已废。然这两天的所见所闻，别样的感受，亲子的互动，让心灵得以沉淀和洗礼，这就是行走的意义吧。

好 书 推 荐

HAO SHU TUI JIAN

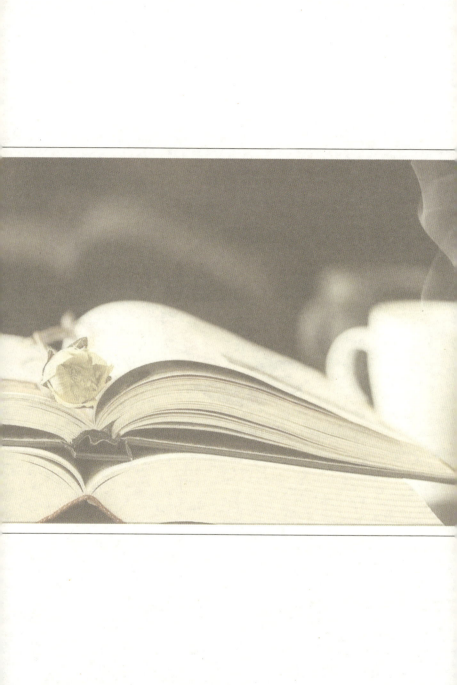

成为更好的自己

爱对方最好的方式是，帮助她／他成为更好的自己，这是我看完《爱乐之城》后，最深刻的感受。

米娅的志向是当一名出色的演员。塞巴斯蒂安是一名个性十足的爵士钢琴师，他的梦想是开一间能随意发挥自己情感的俱乐部。两个有才华的年轻人，被各自独特的气质所吸引，走到了一起。米娅珍惜每一次哪怕是非常小的角色试镜的机会，但速食文化让她一次又一次落选。塞巴斯蒂安演奏的爵士乐，不太适合年轻人闹腾的性格，在生存的压力下，俱乐部似乎成为遥不可及的梦想。米娅的活泼开朗，塞巴斯蒂安的内敛深沉，两个郁郁不得志的青年相互鼓励，相伴前行。米娅想办个人剧专场，在大家都反对的情况下，塞巴斯蒂安全力支持，帮忙筹备。而俱乐部的名字，米娅无声无息地帮忙设计出来了。迫于现实的压力，当对方想放弃时，另一方会醍醐灌顶般站出来，扶对方一把。然而，在又一次重击之下，米娅崩溃了，返回了自己的家乡。

随着时间的流逝，米娅和塞巴斯蒂安似乎失去了交集。一个试镜的电话，打破了这层寂静。塞巴斯蒂安凭着模糊的印象和对米娅深深的爱，找到了那所图书馆前的小屋，将这个激动人心的消息告诉了米娅。米娅凭借发自内心的呐喊成功获得了这个难得的角色并一举成名，走上星光大道。这条路和塞巴斯蒂安渐行渐远。多年之后，成家立业、功成名就的米娅和丈夫一同走在夜晚的街道。米娅的丈夫被一阵音乐吸引，当米娅随着丈夫慢慢接近这家俱乐部时，熟悉的爵士乐勾起了她的回忆。门口大大的标牌，正是自己当年的设计，震惊可想而知。直到看见台上的塞巴斯蒂安优雅地奏响爵士钢琴曲，往事一幕幕如过山车一样驶来，幻想一切都是我们一起度过，一撇竟是一生。匆匆离开前深情的回眸，脸上浮现的微笑，说明了一切，谢谢你，让我们都成了更好的自己。

　　讲真，我喜欢这样的结局。相爱的人一定要在一起吗？也许，真正在一起后，彼此消耗，从对对方的怀疑中，发展成怀疑自己，继而怀疑这个世界，这样的结果是非常糟糕的。为什么所有的童话故事里，王子和公主幸福地生活在一起后，就没有了下文，我猜想，作者都不好意思破坏这种美好，干脆就此歇笔吧。

　　"我永远爱你"，"我也永远爱你"，米娅和塞巴斯蒂安同时深情地说了这句话。相爱但不相守，陪伴对方走过最美好的时光，成为更好的自己，也是极好的。

何以解忧

　　多久没有安心地看一本书了？回答是，很久！当《解忧杂货店》轻轻合上那一刻，突然一种释然涌上心头。

　　看第一个故事的时候，除了来自时空穿越的设计，感觉是比较平常的个人烦恼的咨询过程。当看到第二个开头看似没有任何联系的故事，到后面人物间有穿插，第三个故事，第四个故事……几十年前，现在，无缝连接。人物间存在千丝万缕的联系，几代人的爱恨情仇跃然纸上，一气呵成。

　　故事是由三个绑架犯误入浪矢杂货店开始的，一段传奇的穿越就此产生。"运动员月兔是全力准备奥运会还是照顾癌症男友？爱好音乐的克朗，是继承家族的鱼店还是追求自己的音乐梦想？是生下有妇之夫男人的孩子，还是打掉？因父母生意失败欠债而和父母一起逃跑还是劝父母承担责任？为了挣钱做陪酒小姐？绑架犯是终身逃亡还是自首？"一个个问题仿佛都可以把人逼上绝境，一桩桩事情看上去都无解。任普通人的我们，谁碰到这些选择，都会痛不欲生，难以抉择。

　　选择之所以难做，是因为站在求助者的角度，怎么选择，都是错。怎么选择，都会有你可能无法承受之痛。

人生，除了妈妈无法选择，其他的是由一个又一个选择组成的。选择看电视还是学习？选择什么中学？选择哪所大学？选择什么工作？选择和谁结婚？选择要不要孩子？选择要几个孩子？选择过什么样的人生？……无数的选择，成就了今天的我们。《解忧杂货店》虽然是文学作品，但来源于生活高于生活，说明生活中也确实存在那些选择。比起《解忧杂货店》里的他们的选择，我们的选择显得那么的容易，是不是有理由小庆幸一把？

有人会说，你说得轻巧，是因为你没有感同身受，没有碰到绝境。是的，人没有逼到那个份上，永远不会知道自己会怎么做。即便是一百遍一千遍的纸上谈兵，也抵不上实际操练一次。在这里，我有两个不成熟的，抵御选择困难症的想法，想和大家分享。第一点，防患于未然。尽量避免发展到选择的绝境。比如不去抢劫，就不会存在逃亡还是自首的选择。比如认真考察交往对象，避免落入陷阱。第二点，使自己强大，这一点，也是最重要的一点。如果你足够强大，就可以说服父母，既追求音乐梦想，又可以把家族鱼店发扬光大。如果你足够强大，就可以既追求奥运冠军，又陪癌症男友走完最后一程。如果你足够强大，就可以激励父母生意失败后重新振作，东山再起，承担责任。如果你足够强大，整个世界都会为你让路。说到底，之所以选择困难，是因为我们还不够强大，无法为选择的后果买单。

有时候，孩子的话，不经意间，会道出哲理。乖宝说，我们没有变成树、鸟、虫、动物这些，而是变成了最强大的人，是多么幸运的事情呀！是呀，我们已经拥有了得天独厚的条件，成为天地的主宰，拥有选择的自由，要倍感珍惜。当我们不断历练，不断成长，不断选择后，我们就在慢慢强大，难以选择的事情，也会越来越少。

《解忧杂货店》的结尾非常理想化，每个人都找到了自己的答案。现实生活中不会是这么圆满。但字里行间流淌的善良和温情，是我们前进的力量。

下面这段话，是我非常喜欢的《解忧杂货店》里的一段话，送给大家。

你的地图是一张白纸，所以即使想决定目的地，也不知道路在哪里。

地图是一张白纸，这当然很伤脑筋。任何人都会不知所措。

可是换个角度看，正因为是一张白纸，才可以随心所欲地描绘地图。一切全在你自己。对你来说，一切都是自由的，在你面前是无限的可能。

我衷心祈祷你可以相信自己，无悔地燃烧自己的人生。

何以解忧，唯有自己。

自己说了算

1912 年 4 月 14 日这一天，泰坦尼克号撞上冰山沉没，给人们留下无限的悲伤。

《泰坦尼克》电影中的凄美爱情，是从这个穷小子杰克赌博赢得一张本不属于他的船票开始的。有人说杰克是赶着去送死。如果他不上船，就不会碰见露丝，不会发生爱情，不会碰上倒霉的海难，不会为了救爱人露丝，放弃自己年轻的生命。真的是这样吗？

一张船票送了一条命，听起来匪夷所思。如果不是杰克，不会有这样的结果。我敢说，如果事情的结局是杰克死里逃生，他仍然会为别的他认为重要的事情奋不顾身。这就是杰克。

我不相信命中注定，我相信命运掌握在自己的手中。一个人会过怎样的人生，没有固定的模式，任何一个时间段，甚至一件特殊的事件都可能改写人生的走向。人们常常会拿孩子开没开窍说事。说孩子现在成绩不好，是因为还没有开窍，一旦他开窍了，成绩一定会突飞猛进。这样的例子在我身边也发生过，但概率比较低。开窍的孩子一定是某件事情或者家长的持续付出终于触动了他，让他决心发愤图强。什么都不做，希望变得更好几乎是不可能的。正是有这些不确定的因素，人生才充满了无数的可能。

虽然人生没有固定模式，但我们自身的行为，却是可以决定大致的走向。安于现状的人会无惊无险，但生活在社会的底层。喜欢折腾的人可能辛苦几年，打好基础提升阶级，也可能一败涂地跌入谷底，风险与机遇共存。

不管选择怎样的人生，不断学习，对未来抱有美好的愿望，并为此不断地努力，总是不会错的。杰克就是这样的人。

为你，千千万万遍

　　一口气刷完人气极高的《追风筝的人》，感觉我的人生又美好了一分。书中自有黄金屋，这句话一点都不假。虽然不会对别人的痛苦、灾难幸灾乐祸，但想到自己和身边的家人无病无灾，没有大的成就也不缺饭吃，感觉自己大大地赚了。

　　两个真实的人。父亲的经典语录："罪行只有一种，那就是盗窃，其他罪行都是盗窃的变种。"在看书的前半部分时，父亲的乐善好施、男子气概、财大气粗，得了癌症仍然不屈不挠以及为陌生女性不顾性命站出来抗争，让我一度感觉父亲的形象异常高大，唯一的遗憾是对阿米尔不太亲切。当拉辛汗口中说出真相时，对我真是一记重击。父亲被拉下神坛，用自己的行为践行了自己最不齿的盗窃。让他从"神"变成了"人"。

　　阿米尔，本书的男主角。从他的视角，描写一个又一个鲜活的人物，一次又一次的历史事件。一个小男孩的小心思，影响了他和哈桑的友情和自己整个的人生。在万众瞩目的父亲的羽翼下，阿米尔是那么的渺小和无助。为了吸引父亲的关注，他可以撇下哈桑，独占和父亲相处的时光；为了赢得父亲的赞赏，他拼命赢下风筝大赛冠军，不顾哈桑的屈辱，做个逃兵。

故事写到这里，阿米尔是个不折不扣的 loser，注定要在怯懦和自责中苟延残喘。拉辛汗的一句话"这儿有再次成为好人的路"触及了阿米尔深埋心底的遗憾，促使他踏上自我救赎之路。最终，阿米尔克服了怯懦的弱点，救出了哈桑唯一的儿子索拉博。阿米尔和阿塞夫的搏斗惊心动魄。当他们还是孩子时，童年的阿塞夫伤害了童年的哈桑。童年的阿米尔目睹了整个过程，但是因为懦弱，没有站出来帮助哈桑，选择了逃避。这也成为阿米尔和哈桑心里难以逾越的伤痕，最终导致了这对好朋友永远的分离。他们的打斗，可能称不上打斗，应该说阿米尔挨打更贴切。当阿米尔快被打死时，哈桑的儿子索拉博仿佛哈桑附身，举起了致命的弹弓，射出了童年哈桑没有射出的那枚子弹。

冥冥中一个轮回。哈桑一直在保护着阿米尔，哈桑走了，这个责任，又降临到哈桑的儿子索拉博身上。与其说是阿米尔冲向阿富汗救下索拉博，不如说是索拉博完成了对阿米尔的救赎。开始我不明白，恶棍阿塞夫为什么只是失去一只眼睛，而不是得到失去狗命的惩罚。后来我想明白了，世界上没有那么多真善美的人，有些人是死性不改的。阿塞夫失去眼睛比失去狗命更痛苦，更能警醒世人不要作恶。阿米尔终于摆脱了 loser 的噩梦，成了一个真实的人。

一个纯粹的人 —— 哈桑，"为你，千千万万遍"，最令人扼腕叹息的第一男配。在那个歧视和战乱的时代，哈桑注定是悲剧的存在。他人性中的简单、善良、纯粹，和社会对他的不公，形成了鲜明的对比。当读到这个人物时，我在想，是什么造就了哈桑？阿米尔的友情；阿里和阿米尔父亲 —— 其实本就是哈桑父亲的爱；哈桑后来温暖的小家庭。我挺感谢作者的，哈桑虽是个悲剧人物，但给了他饱满的内心。阿米尔辜负了他，但他选择原谅，放过阿米尔，更是放过自己。通过自己勤劳的双手，组建自己幸福的小家庭。虽然没有幸福几年，但终究是幸福过。哈桑到死都没有获得本属于他的爱和地位，但"为你，千千万万遍"的信念，让他最终活成了纯粹的人。

一个高尚的人 —— 拉辛汗。"我的大门永远为你敞开，我愿意倾听你诉说的任何故事。""这儿有再次成为好人的路。"给予阿米尔温暖的，是拉辛汗；指引阿米尔一路向前的，是拉辛汗；帮阿米尔找回自我的，还是拉辛汗。毫不夸张地说，如果这部小说还有一个人是没有缺点的，那就是拉辛汗。拉辛汗帮助了阿米尔整个的人生。我也好想有这么一位精神导师啊！可惜我没有，我只有我自己。拉辛汗在这里无疑是灯塔般的存在。辅佐父亲、指引阿米尔、温暖哈桑。世上还有这样全能、高尚的人存在。文中并没有过多介绍拉辛汗，横空出世就是来了个完美拉辛汗，我爱死了拉辛汗，让我们对美好的未来充满希望。

一个变态的现象 —— 种族歧视。同样是人，为什么不能平等？为什么恶棍可以高高在上，正直善良的人却成为奴隶？为什么从一出生就注定了悲惨的命运？哈桑是种族歧视的受害者。在变态的制度下，人的努力显得那么微不足道，拼尽全力最终逃不过厄运。我是个"相信命运掌握在自己手中"的人，庆幸出生在和平的中国，能够靠自己的双手，过自己想要的生活。

《追风筝的人》里面有太多的遗憾。哈桑到死都没能和阿米尔再见上一面；父亲那光辉的人生终究有污点；拉辛汗没能和心爱的姑娘在一起，孤独终老。阿米尔没能拥有自己的孩了。所幸的是，哈桑心中永远住着阿米尔；父亲的最后时光是和阿米尔在一起；拉辛汗帮助了那么多人，精神上是富足的吧；阿米尔拥有了索拉博。人生不就是这样，遗憾和拥有交织着。珍惜你所拥有的，因为，你不知道明天遗憾会不会到来。

外面的人想进来、里面的人想出去

最近重读《围城》，一页一页的记忆被唤起。已然记不得第一次看《围城》是什么时候。发黄的封面，向我昭显着它的历史悠久，恨不得当初落了日期，好知晓它的来龙去脉。提醒我以后收藏好书记得留下墨宝日期，将来好回答后辈的提问。多年前读，已经没有什么印象，只记得是中学时代，想来也是二十多年前，估计当时年龄太小，被它的名气所动，并不真能体会个中真意。再次翻开，历经生活洗礼的我，心中涌现出四个字 —— 一地鸡毛。

外面的人想进来，里面的人想出去，《围城》这本书名字取得妙。这一进一出，一出一进，把婚姻、工作、人生百态形容得如此贴切。

方鸿渐多少让人挺失望。《围城》是围绕男一方鸿渐的求学、工作、生活来写的。家境殷实，可以出国留学；工作有家人帮助，朋友推荐；婚姻有美女倾慕，手段女倒贴。怎么看方鸿渐起点都很高，是个香饽饽，应该成为人中龙凤，怎么最终落得个一事无成，成为芸芸众生中悲惨的缩影。他确实出国、挥金如土，不学无术。经朋友帮忙做了大学副教授，但学业不精，为人不活络，被炒鱿鱼。感情上优柔寡断、不敢努力争取自己爱的人，对于有手段的女人毫无招架之力，家庭生活一塌糊涂。拿了一手"王炸"，打得稀烂。方鸿渐未必一无是处。在他好面子、无担当、低情商的背后，也有内心善良的一面。只是社会对软弱、眼高手低的人容忍度极低，生活不易，处处算计。方鸿渐的失败，除了他本人的因素外，和那个时代也有很大的关系。各方势力争斗、国家动荡不安，朝不保夕，物资匮乏，人们只能顾着当下，勉强支撑着活下去。方鸿渐处在上流阶层，有很好的基础，仍不能好好活。中国一步步走来，发展不易，处在太平盛世的我们，虽然大多数人不如方鸿渐般家世好、能出国、衣食无忧，但是凭借努力读书、认真做事，仍然可以闯出自己的一片天地。我身边这样的例子比比皆是，靠自身的奋斗，实现阶层的跃升。文明程度也靠一代又一代人的进步，得以提升。我们要珍惜这来之不易的时代，尽自己一份力。

最喜欢赵辛楣，没有之一。《围城》整体氛围比较压抑，也只有赵辛楣的出场，能带来一丝光亮。对青梅竹马苏文纨的追求，大胆热情，毫不掩饰。对情敌的针锋相对，透着初尝恋爱滋味的男孩子的傻气。被爱人当作备胎和手段还不自知，最终没有求得苏文纨，是必然的。不过，我冒昧地猜想，钱老是故意这样安排的，不让赵沾染苏的俗气，不让赵过早进入围城，成为笼中之鸟，给读者念想。五人小队去往三闾大学任职路上，赵辛楣的责任与担当，让他成了当之无愧的队长，更加衬托方鸿渐的懦弱与无用。工作中的提携、生活中的提点，让这对昔日的"情敌"，成了无话不谈的挚友。应了那句老话，不打不相识。有才学、有能力、有担当的赵辛楣怎么就和方鸿渐能成为朋友呢？论朋友圈的局限性，还有就是可能他俩有一个共同点是都透着小男孩的傻气。不管是在哪个时代，人品、才能、人脉、资源需要不断地积累，像赵辛楣这样的人物都是吃得开的。

苏文纨、唐晓芙、孙柔嘉这三位和方鸿渐有纠葛的女人，代表着三类女性。苏文纨钦慕方鸿渐。但出国留学、带着博士光环回来的知识分子的清高让她玩起了欲擒故纵的游戏，殊不知方鸿渐并不爱她，会错了意，表错了情，落入了俗套。苏文纨家世好，也学了些真才实学，那个年代的女博士可谓是凤毛麟角，如果她把所学到的知识用在建设上，估计可以有所作为。《围城》的整个基调是下沉的，人物设定不会太好，苏文纨这个人物，也折射出那个年代，女子读书无用论，可惜了家族的培养、社会的栽培。

看得出，钱老对唐晓芙是有偏爱的。单纯的大学生唐晓芙，身上还没有沾染太多坏习气，和方鸿渐两情相悦，为人处世也还正常。初尝了爱情的滋味，在她那个年纪是极好的。钱老不喜欢方鸿渐，不愿意把美好的唐晓芙许给他，估计也是不想唐晓芙一样的人儿过早进入围城，白月光沦为白米饭。留点念想。

孙柔嘉出生在中产家庭，由于是家里的女孩子，并不受父母待见。在那样的环境中，很难不学会看人眼色，见风使舵的世故。后来她用手段赢得了方鸿渐，也是可以理解的。在人生地不熟，鸟不拉屎的三闾大学，她能攀上方鸿渐，已是不易。基础薄弱的感情，也为后来家庭矛盾的爆发埋下了伏笔。她和方鸿渐一样，都是可怜人。

方遯翁在书中是幽灵般的存在。时不时飘出来指点、教训或者维护方鸿渐，像极了我们身后的家长，希望以孩子为荣，又怕孩子做错事、没出息，总要出来倚老卖老、横加干涉。他们的指导带着太多的时代性和局限性，其实大多数方面已经派不上用场。只是披着"爱"和"担心"的华丽外衣，不求有功，但求无过。虽然不赞成老一辈的做法，但是建议不要和老一辈正面讲理，不在同等条件下，讲道理基本上是讲不通的。先肯定他们的好心，再用迂回的方法，让他们听我们的。老一辈也需要想明白一件事，自己把自己的身体照顾好，把生活过丰富精彩，就是对儿女最好的帮衬。你们的时代已经过去了，儿孙自有儿孙福。

《围城》之所以成为名著，除了它内容用极具讽刺的手法，大段大段的场景渲染，生动形象的人物刻画反映了那段历史外，名字取得好，绝对算是个优势。"围城"这个名字简直不要太形象。直抒胸臆、一目了然、简单易记。作为一个读了两遍《围城》的老读者，在这里给大家几点建议。老年人，建议不要读《围城》。整体基调比较压抑，读点轻松愉快的作品，或者多出去走走，体会祖国大好河山更好。人生路走了大半，是到了该归纳总结，享受的时候。中年人、青年人，可以读读《围城》。很多重要的抉择，都是这个时期来做。多读书、勤思考，是进是出，是走是留，要谨慎决定。青少年，建议先不读《围城》。我第一次读是在少年时期，除了名字，其他几乎无印象。晦涩的辞藻、压抑的氛围，不太适合还没有生活阅历的少年。

　　或治愈、或激励、或愉悦、或反思、或学习……这就是阅读的意义吧！

环游世界

　　光听听名字就能让人浮想联翩。"飞屋""环游"，我的梦想。

　　皮克斯没有让我们失望。故事是这样开始的，爱好探险、生性腼腆的小男孩卡尔的偶像是著名的探险家查尔斯·蒙兹，他无意中碰到了同样迷恋探险的假小子艾丽，拥有共同爱好的他们一起长大、结婚。两人一辈子都梦想着到蒙兹提到的南美的"天堂瀑布"去探险，他们俩幸福地生活在一起，被生活中的种种事情缠绕，直到艾丽病逝，这个愿望也没能实现。在孤独的老年卡尔即将被送去老人院时，他做出了一个惊人的决定 —— 用气球载着他们的房子飞往南美，去实现他和艾丽未完成的梦想。故事说到这里，是美好的、梦幻的，当然，还有另外的配角，同样孤独的小男孩罗素、主动策反的可爱小狗、喜欢巧克力的美丽珍稀沙锥鸟，当然还少不了大反派蒙兹和他的说人话的狗狗部队。充满爱的小屋最终停在了"天堂瀑布"。一老、一少、一狗三个同样孤独的灵魂坐在一起数汽车，这是电影的结束画面，让孤独的个体不再孤独。带艾丽去"天堂瀑布"是卡尔一生的梦想，他追逐的过程就是飞翔，他做到了。虽然有点晚，但是，谁说梦想实现会晚呢？只有不行动，没有晚！

这是一部小孩子爱看、大人感动、笑中带泪的电影。今天，在这个大雨滂沱、武汉内涝严重、小区被淹的夜晚，我们一家人坐在电脑前，静静观看这部经典的电影。虽然早在几年前我已经看过，但今天仍然多次留下感动的眼泪。羡慕卡尔和艾丽纯粹的爱、为卡尔不顾年迈追求梦想喝彩。

在我的心中一直有个梦想，就是环游世界。这个也是很多普通人的梦想。绝大多数人都是停留在想的阶段，有太多的理由，家庭、孩子、工作、金钱，等等，这个绝大多数人也包括我。这个梦想听起来很大，需要足够的金钱、足够的时间、足够的精力，足够到 99% 的人都达不到。梦想之所以称之为梦想，就是很难达到，如果那么容易就实现了，就不能称之为梦想，只能说是一个想法而已。既然环游世界的梦想很大，是否可以化整为零，一点一点去实现呢？不要仅仅停留在想的阶段，要为靠近梦想去行动。

我终于去办了护照，踏出了国门，是否是向我的梦想靠近了一步呢？

发展是永远的主题

将《人类简史》从头到尾扎扎实实啃了一遍，再随意翻看其中章节时，每次仍然会有新发现，新感悟。像源源不断的宝藏，等待我们去发掘。

一直想写一写感受，但内容太丰富，命题太宏大，没想好从哪里下笔。有时候事情就是这样，迟迟不动就容易搁置。所以说开始行动，就成功了一半。从哪里开始好呢？从脑海里印象最深刻的开始吧。

男尊女卑的现象一直存在，我们知道的是恶俗重男轻女导致的，但是凡事有个源头吧，《人类简史》中给出了全新的视角。我们女性明白后，真庆幸是生在这个相对文明的时代，如果在远古，女性连牲口都不如，估计很多女性都后悔出生吧。由于生理上的特征，女性在体力上天生不如男性，在靠打猎为生的原始社会，男性占有绝对的话语权，占尽好处。在许多社会中，女性只是男性的财产，通常属于她的父亲、丈夫或者兄弟。父亲杀了人，可以用女儿去抵命。女性只是物品，和家具、牛、马没有区别。从生物学解释男权制度的理论，认为在数百万年的演化过程中，男性和女性发展出了不同的生存和繁殖策略。对男性来说，得要竞争才能得到让女性受孕的机会，所以想要留下后代，就看他能否打败对手。

　　随着时间流转，传到后世的男性基因也就是那些最具野心、最积极、最好胜的男性。另一方面，对女性来说，怀胎十月，辛苦许多年，养大孩子是困难所在。这段时间，她靠自己取得食物的机会变少。为了确保自己和孩子能够生存下去，女性只好同意男性提出的各种条件，好换取他一直待在身边，分担养育孩子的重任。随着时间流转，传到后世的女性基因也就是那些最顺从、趋吉避凶的女性。至于花了太多时间争权夺利的女性，也就没有机会让那些好胜的基因万世流芳。由于这种种的原因，男性在社会中占据了主导地位，控制着绝对资源，也是既得利益者，所以长久以来的男尊女卑也就见怪不怪了。作为女性的我们，一出生就处在弱势地位，多少有些丧气。可喜的是，随着生理条件的弱化和文明的进程，女性地位在逐步地提升。虽然还不可与男性同日而语，但社会慢慢承认了女性的作用，女性在各行各业也能撑起半边天，为争取自身的合理权益，不断抗争。当代女性，独立、自信、挣脱枷锁，正在活出精彩的人生。

　　永生这个话题，任何时候都能引起人们的兴趣。如果可以的话，上到王侯将相，下到贩夫走卒，人人都想永生。当翻到《人类简史》第252页，出现了打败死亡的吉尔伽美什计划。基因工程师已经成功将"秀丽隐杆线虫"的平均寿命延长了6倍。

纳米科技专家也正在研发使用数百万的纳米机器人打造仿生免疫系统，打通我们身体里阻塞的血管、抵抗病毒和细菌、消灭癌细胞，甚至逆转老化的进程。还提出，2050年可以实现永生的时间表。我立马起了鸡皮疙瘩，脊背不自觉地挺了起来。2050并不遥远，我们这代人就可以看到。且不说这项伟大的工程是否能实现，单说老年人不去世，新生儿不断降生，地球终会不堪重负，可能现在探索其他星球，也是在做准备吧。之前有个说法，富人和穷人唯一公平的一点是，最终都会死。如果这唯一的公平也被打破，结果不可描述。不管怎样，永生毕竟是令人向往的，如果可以，你想永生吗？

科技贯穿着《人类简史》的始终。不管是刚刚提到的永生，还是众多从无到有的发明，制度的横空出世，人类从未停止过探索。也促使人类从众多种动物中，脱颖而出，成为大自然的主宰。谁又能想到，曾经处在食物链中部的智人，和黑猩猩、老虎、大象、恐龙也没什么不同，他们的后代某一天竟能在月球上漫步、分裂原子、了解基因、书写历史。科技不断突破边界，让人类可以做的事情越来越多，价值不断放大。有限的时间里，可以产生更大的意义。如果你正在做的事情，可以让世界变得更美好一些，不枉此生！

以上"get"到《人类简史》一分精华有没有？强烈推荐大家自己去读，可能会有颠覆你认知的威力；也可能带给你醍醐灌顶的开悟；抑或是对某个执念的释然。宝藏等待你去发掘，拿走，不谢。